AF603278

LA MISSION

A PARIS,

OU LES NOUVEAUX TRIOMPHES DE LA RELIGION CATHOLIQUE,

POÊME EN CINQ CHANTS.

DEUXIÈME ÉDITION,

CORRIGÉE ET AUGMENTÉE DE DIVERS MORCEAUX SUR LA GUERRE D'ESPAGNE,

ET SUIVI DE QUELQUES CANTIQUES NOUVEAUX.

PAR MARIE-JACQUES-AMAND BOÏELDIEU,

AVOCAT A LA COUR ROYALE DE PARIS, MEMBRE CORRESPONDANT DE DIVERSES ACADÉMIES DE FRANCE.

L'Eglise enfin triomphe, et, brillante de gloire,
Fait retentir le Ciel des chants de sa victoire.
(Racine, au chant 2 du poëme de la grâce.)

PARIS,

IMPRIMERIE ECCLÉSIASTIQUE DE BEAUCÉ-RUSAND.

1824.

CET OUVRAGE SE TROUVE,

A PARIS,

Chez BEAUCÉ-RUSAND, rue Palatine, N° 5;

BELIN-MANDART, rue Haute-Feuille, N° 13;

Et chez tous les marchands de nouveautés.

A ROUEN,

Chez MÉGARD, imprimeur libraire, rue Martainville.

PRÉFACE.

Ne pouvant méconnaître combien, relativement à la constitution des gouvernemens et à l'existence morale des peuples, l'intervention de la divinité avait d'influence sur la prospérité publique, l'illustre Platon posait en principe que : « Celui qui » rejète la Religion, arrache les fondemens de « l'État. »

Bien pénétré de l'infaillibilité de cette doctrine, Cicéron disait également : « Sans Religion, quel » dérangement, quel trouble parmi nous ? Je doute » si, éteindre la piété envers les Dieux, ce ne serait » point anéantir la bonne foi, la société civile et la » principale des vertus, qui est la justice. »

Si, dans les ténèbres du paganisme, les deux plus grands politiques d'Athènes et de Rome tenaient autrefois ce judicieux langage, que doivent aujourd'hui penser et dire ceux qui, dans l'intérêt des souverains et dans celui des peuples eux-mêmes, considèrent la véritable religion et les préceptes admirables qu'elle a introduits dans le monde, en écartant les nuages qui, jusqu'à l'époque de son établissement, l'avaient toujours tenu dans un aveuglement déplorable?

Ne seront-ils pas forcés de convenir avec un auteur moderne : « Que celui qui chercherait à » anéantir ou à affaiblir sa morale divine, serait » par là même, l'ennemi du genre humain. Sa main » sacrilège chercherait à couper l'arbre de vie » dont les feuilles sont destinées à guérir les na- » tions. » (1) Sublime idée, prise dans nos divines Écritures (2) et dont les hommes sensés et réfléchis sentiront aisément la profondeur et la vérité.

Pourquoi faut-il que cette main sacrilège, que cette main ennemie des autels et du trône, ait tenté d'arracher, sur le sol français, jusques aux racines de cet arbre salutaire, à l'ombre duquel croissent et prospèrent si facilement toutes les vertus?

Ah! s'il est resté debout, cet arbre si précieux à l'humanité toute entière, s'il a résisté à toutes les

(1) Accord de la révélation et de la raison contre le divorce, par M. l'abbé de Chaptal de Rastignac, docteur de la maison et société de Sorbonne, député à l'assemblée nationale.

(2) Saint Jean dans l'Apocalypse, chap. 22. v. 2.

tempêtes qu'ont suscitées contre lui les fureurs de l'impiété et les projets infernaux d'une politique insensée, nous n'en pouvons et devons rendre grâces qu'à cette éternelle et sage providence qui, malgré nos blasphèmes contre elle, nous a, dans sa miséricorde ineffable, conservé ces généreux confesseurs de la foi, ces pasteurs éloquens et fidèles qui, depuis leur retour au sein de la mère patrie, n'ont cessé de combattre avec succès cette secte de novateurs illuminés, qui, pour mieux en imposer à l'aveugle crédulité, s'enveloppe astucieusement de l'honorable manteau de la philosophie.

Mais, malgré le zèle et l'activité de ces ministres si recommandables par leurs talens et leurs vertus, pouvait-on se dissimuler que, dans l'état actuel des choses, où leur petit nombre force à laisser en friche une portion si considérable du vaste champ de l'église, il était évidemment impossible que, chargés du poids d'un ministère accablant, ils pussent, seuls, donner à cet arbre du salut une culture suffisante et propre à lui faire produire des fruits abondants, si de nouveaux ouvriers évangéliques ne venoient promptement à leur secours.

Cette incontestable vérité ne pouvait échapper

à la sagacité d'un souverain attentif à tous les besoins de ses peuples. Aussi, dans les sentimens religieux et paternels qui n'ont cessé de caractériser la sagesse de son gouvernement; le digne et pieux monarque que nos soupirs et nos vœux les plus ardens avaient depuis si long-temps rappelé au trône de ses pères, s'est-il empressé de leur adjoindre de nouveaux collaborateurs.

Et, sans doute, il ne pouvait faire un choix plus propre à seconder leurs véritables désirs, qu'en leur associant ces hommes si rares et si précieux qui, portant l'abnégation d'eux-mêmes jusqu'à l'héroïsme le plus étonnant, consacrent gratuitement toute leur existence à l'instruction et au vrai bonheur de leurs frères, ne redoutant ni peines, ni fatigues, pour disséminer les lumières qui, seules, peuvent les éclairer sur leurs plus chers intérêts.

Mais ç'a été une belle et grande idée conçue par ce prince magnanime, que celle d'établir et d'autoriser l'exercice de leur ministère dans le sein même de sa capitale.

En effet, si au premier aperçu, on ne sent pas bien la nécessité de ce nouvel établissement dans Paris, en raison du zèle et des talens des pasteurs et du clergé vénérable qui en font la consolation et l'ornement; pour peu qu'on veuille y réfléchir avec une sérieuse attention, on est bientôt convaincu que, peut-être, nul endroit de la France n'en avait un besoin plus réel et plus pressant; surtout à la suite d'une révolution terrible qui, comme on ne le sait que trop, y a pris sa coupable naissance, et dont le déplorable germe y est si difficile à détruire entièrement.

Si l'excès de sa population y rend le développement de ce germe et plus facile et plus dangereux qu'ailleurs, n'était-ce pas sur cette reine de nos cités qu'il fallait porter ses regards avec plus d'attention et de célérité, dans la juste crainte que le foyer du volcan qu'elle renferme encore si malheureusement dans son sein, ne se rallumât à la plus légère étincelle, et que dans une seconde éruption, elle n'embrasât de nouveau nos vastes provinces qui, plus d'une fois, dans les mouvemens séditieux, se sont empressées de rivaliser d'ardeur avec elle, quand elles-mêmes, agitées par des factions étrangères, ne l'ont pas imprudemment devancée.

Il est sensible qu'on eût pu réclamer ce nouveau secours avec moins d'empressement, s'il n'eût fallu que maintenir ou conserver dans le bercail des brebis tendres et soumises. Mais pour y amener celles qui n'avaient jamais entendu la voix de leur pasteur et qui, peut-être, n'étaient encore entrées dans nos temples que pour en profaner la majesté sainte; il ne fallait rien moins qu'une mission imposante dont l'éclat et la solennité, éveillant l'attention publique, les forçât, pour ainsi dire à leur insu, à venir, d'elles-mêmes, grossir le troupeau fidèle et à prendre avec lui sa nourriture au sacré pâturage. Et c'est-là naturellement ce que pouvait produire et ce qu'ont produit, en effet, le zèle ardent et l'industrieuse charité de ces apôtres qui sont venus parmi nous, rallumer le flambeau de la foi qui ne jetait plus que des lueurs faibles et mourantes, et dont le ciel même a béni et secondé les efforts, puisqu'une foule et d'habitans et d'étrangers que la nouveauté d'un spectacle aussi touchant avait, seule, attirés, a fini par se confondre avec les fidèles et par y devenir, elle-même, un vrai modèle de ferveur et d'édification.

De si beaux triomphes et pour la religion et pour l'État qu'on n'en peut raisonnablement séparer, puisqu'elle en fait le premier et le plus ferme appui, de si beaux triomphes, disons-nous, étaient bien de nature à faire une vive impression sur tous les cœurs sensibles à la prospérité de l'Eglise catholique, si long-temps humiliée, comme à la tranquillité du royaume, naguères encore livré au fanatisme de ces insensés qui, dans le sein même de la liberté la plus illimitée, ne voient que les chaînes du despotisme et le joug honteux de l'esclavage. Et je ne rougirai point d'avouer que, moi-même, je n'ai pu me défendre d'une profonde vénération et d'une sorte d'ivresse à la vue de ces exercices que suivaient et que suivent encore, avec une persévérance et un recueillement au-dessus de tout éloge, les hommes les plus distingués par les lumières ou la naissance, et la classe même du peuple qui se fait un véritable honneur de marcher sur leurs traces et de les imiter dans le saint respect qu'ils portent à nos redoutables mystères.

Eh! qui n'aurait pas été touché, jusques aux larmes, de la beauté de ces instructions paternelles dont la noble simplicité va droit au cœur, le touche et le persuade avec plus de succès et de rapidité que ne le feraient souvent tous les artifices et tous les traits d'une éloquence étudiée.

Eh ! qui n'aurait pas été tendrement ému au chant vraiment sublime de ces cantiques sacrés dont retentissaient et retentissent encore chaque jour les voûtes de ce temple magnifique où, sous la protection spéciale de l'auguste patronne de Paris, la mission est, pour ainsi dire, en permanence.

Jamais les prodiges de l'art, à nos théâtres même les plus pompeux, n'y produiront le miraculeux effet des simples chœurs de ces jeunes et nombreuses vierges qui, dans l'effusion d'une âme tendre et pure, consacrent leur voix à célébrer les grandeurs et les bienfaits de la divinité, en lui demandant, avec une ardente ferveur, la félicité de la patrie, le salut de son prince et le règne éternel de son illustre maison.

Vainement l'impiété, dans ses préventions ou sa mauvaise foi, tentera de livrer au mépris ou à la dérision cet éclatant et juste hommage rendu dans nos temples à la souveraine puissance: cette douce harmonie qui résulte de ces pieux concerts qui semblent descendre de la céleste Jérusalem elle-même, n'en fera pas moins le charme heureux de toutes les âmes sensibles à tout ce qui peut intéresser la religion et relever enfin l'éclat de son culte, si long-temps négligé dans le cours de nos calamités.

Ce n'est donc pas sans raison que l'éloquent et savant Evêque de Troyes disait, avec le talent qui lui est propre, en parlant de l'importance des missions, que « Les fastes de l'église n'offrent rien de » plus grand que le récit de ces conquêtes aposto-

» liques et qu'elles remplissent les plus belles pages » de son histoire. »

« Elles fleuriront d'âge en âge, disoit-il encore, » pour le triomphe de la vérité. Et soit, que s'é- » tendant aux climats les plus reculés, elles volent » au secours des barbares et des infidèles pour leur » apporter *la bonne nouvelle* et annoncer la paix » et le bonheur sur les montagnes; soit, que se » renfermant dans l'intérieur de nos églises, elles » se vouent au salut du peuple chrétien, nous les » verrons toujours se montrer dignes d'elles-mêmes » et de leur origine; toujours dignes de notre *ad-* » *miration* et de notre *reconnaissance*.

Si c'étaient là les seuls et justes sentimens que dussent inspirer les travaux des pieux missionnaires, par quelle étrange fatalité, ceux qui, dans ces jours si heureux pour la capitale, y font revivre toutes les vérités de la foi, se sont-ils vus l'objet particulier de la haine et de la persécution dont on n'a pas rougi de choisir les instrumens dans le sein même de cette aimable et tendre jeunesse sur laquelle reposait avec tant de confiance tout l'espoir de la patrie.

Ah! c'est que désolés de cette heureuse paix qui règne dans toutes les parties de la France, les hommes véritablement pervers et qui, par un fol orgueil ou par un vil intérêt, n'aspirent qu'à la ruine des Etats, pour asseoir leur propre domination, ou se gorger d'immenses richesses qui puissent réparer leurs prodigalités ou servir d'aliment à leurs passions, c'est que, disons-nous, ces hommes n'ont pas de plus grands ennemis que les ministres d'une religion sainte qui maintient les peuples dans l'obéissance et la soumission, et qui environne la société civile, elle-même, de remparts inexpugnables.

Mais n'en doutons pas, Dieu qui, par plus d'un miracle de sa toute-puissance, nous a si bien manifesté le soin tout particulier qu'il prenait encore de cette France et si belle et si long-temps malheureuse, non! Dieu ne permettra pas qu'elle soit encore une fois victime des fureurs d'une horrible anarchie! Et s'il est permis d'en juger par le succès éclatant et soutenu des saints exercices de la mission établie dans le sein de Paris même, les ministres qui se sont empressés d'en prendre sur eux tout le fardeau, seront justement proclamés les VRAIS SAUVEURS DE LA PATRIE: tant il est vrai que, pour dissiper les ténèbres qui aveuglent l'esprit et pour éclairer les consciences, il vaut mille fois mieux prendre le flambeau sur l'autel, que le glaive étincelant de la justice qui n'en impose guère qu'au coupable intimidé, et ne contient souvent dans le devoir que des âmes viles ou des cœurs corrompus qui se vouent bassement à l'hypocrisie.

Heureux témoin de ces nobles travaux, de ces généreux efforts qui, dans le véritable intérêt de l'état, ont assuré à la religion catholique un si beau triomphe à Paris, j'ai cru ne pouvoir employer plus utilement les loisirs d'une vacance qu'en les consacrant à célébrer l'éclat et les heureux effets de ce triomphe qui désormais doit si puissamment influer sur la prospérité et sur la tranquillité du royaume; et, comme on ne saurait dignement parler des choses sacrées, sans emprunter le langage le plus sublime, j'ai tenté d'employer celui même des poètes, dont l'élévation, dans les matières qui ont quelque rapport avec la divinité, sera toujours au-dessous du sujet.

Quoiqu'il en soit, celui auquel j'ai cru pouvoir me livrer est digne de toute l'attention des vrais Français, puisqu'il traite à la fois des grands intérêts de l'église et de la patrie, et qu'il offre les principales preuves d'une religion dont toute personne sensée doit chercher à connaître les vrais fondemens.

Pour remplir le but que je me suis proposé, j'ai divisé l'ouvrage en cinq chants.

CHANT PREMIER.

Bien convaincu que l'absence de toute religion en France, et le mépris ou l'oubli des devoirs importants qu'elle nous impose, ont été la première source des malheurs affreux dont la révolution l'a rendue victime, j'ai, dans le premier chant, fait le rapprochement de nos calamités, après avoir tracé dans un tableau succinct et rapide les progrès de cette religion qui s'est étendue jusqu'à nous, à l'époque célèbre où le grand Clovis l'a fait monter sur le trône, pour la gloire et le bonheur de la nation.

CHANT SECOND.

Ne pouvant trouver de remède vraiment salutaire à nos maux que dans l'exercice des vertus religieuses dont la mission, autorisée dans Paris, pouvait seule hâter et favoriser l'heureux retour, j'ai fait voir, dans le second chant, toute l'importance dont elle était pour cette grande et vaste cité; et après avoir développé tout ce qui était propre à faire connaître la manière dont elle s'y était établie, j'ai rendu compte des obstacles étranges qu'elle avait éprouvés dans le cours de ses premiers travaux.

CHANT TROISIÈME.

Pour répondre aux vains argumens des athées ou des déistes qui font de notre croyance un objet de dérision, et qui, par une suite naturelle de leur orgueilleuse folie, déclament si vivement contre les saints exercices des missions, j'ai introduit, dans ce troisième chant, un personnage épisodique qui, imbu de tous les faux préjugés que suggère la doctrine impie des prétendus philosophes de nos jours, donne lieu au développement des principales preuves de la religion catholique, et à la réfutation des vains argumens de cette monstrueuse doctrine.

CHANT QUATRIÈME.

Comme le chant précédent ne suffisait point à ce développement d'une si haute importance, j'ai reporté dans celui-ci la suite de ces preuves, qui me paraissait indispensable pour forcer l'incrédulité à s'avouer dans l'impuissance absolue de répondre aux argumens invincibles des catholiques (1).

CHANT CINQUIÈME.

Après avoir, aussi lumineusement qu'il m'a été possible, démontré la vérité de la religion chrétienne et fait remarquer la beauté de sa morale et tout le bien qu'elle opère dans la société, j'ai terminé ce cinquième et dernier chant, par célébrer l'éclat et l'heureux triomphe de cette religion sublime, triomphe qu'on doit à l'établissement de la mission dont le succès et la gloire au-dessus de toute espérance, sont une nouvelle preuve des bienfaits dont Dieu ne cesse aujourd'hui de combler le royaume.

Tel est le plan général de cet ouvrage et tels sont les objets divers que j'y ai traités dans la forme particulière aux poëmes.

Celui-ci est-il conçu et exécuté dans toutes les règles de l'art? C'est une question à laquelle je ne

---

(1) Dans un de mes précédens ouvrages, publié sous le titre *du Langage de la raison et du sentiment*, j'ai déjà fait usage d'une partie des argumens qu'on retrouvera dans ce quatrième chant.

me permettrai point de répondre. Le lecteur judicieux et doué des connaissances et des lumières propres à la décider, prononcera : d'avance, je souscris à son jugement, quelle qu'en soit la nature.

Au printemps de l'âge, on ambitionne les lauriers du Parnasse; aujourd'hui que le temps m'a fait connaître toute l'illusion et toute la vanité de la gloire humaine, j'aspire à des palmes moins périssables : et satisfait de l'estime des vrais amis de la religion catholique, de ceux de la patrie et du souverain qui la gouverne avec tant de sagesse, je me croirai trop heureux, si je suis jugé digne d'être mis au rang de leurs plus sincères et plus zélés défenseurs.

OBSERVATIONS

IMPORTANTES

SUR CETTE NOUVELLE ÉDITION.

Un écrivain de nos jours, et qui n'est pas sans réputation dans le monde littéraire, a prétendu qu'il y avait réellement compensation *dans tous les événemens de la vie.*

J'avouerai que depuis, surtout, que j'ai mis au jour mon Poëme de la Mission, il me serait assez difficile de ne pas donner un entier assentiment au système de l'auteur précité.

En effet, si par les lettres les plus honorables, plusieurs Prélats distingués par une érudition profonde et par une éloquence aussi rare que persuasive; si différens Pasteurs de la Capitale et des provinces; si, en un mot, diverses Académies du Royaume, et une foule de particuliers avec lesquels je n'ai jamais eu l'ombre d'un rapport, se sont, cependant, empressés de me donner un témoignage éclatant de l'estime toute particulière qu'ils ont bien voulu accorder à ce Poëme; d'autres personnes, beaucoup moins indulgentes à mon égard, ont cru devoir tempérer, par un examen sévère, et par une critique qui passait même toutes les bornes de la modération, ce que les éloges, qu'on m'avait sans doute prodigués si gratuitement, auraient pu m'offrir de trop flatteur.

Ainsi, comme on le voit, cette nouvelle production, devenue tout à-la-fois l'objet particulier de félicitations *diverses et d'une* satire ardente, *a fourni un nouvel exemple bien propre à accréditer le système dont je viens de parler; car, par sa publicité, elle a véritablement opéré, pour moi, une* compensation réelle, *et de nature à réprimer les saillies de l'amour-propre, si de faibles succès avaient pu m'enorgueillir; et bien capable aussi de me consoler des amertumes de la censure, si j'avais été assez faible et assez peu raisonnable pour m'en affliger sérieusement.*

Mais il n'est peut-être pas inutile ici de chercher à pénétrer les divers motifs qui, tout naturellement, ont dû amener cette divergence dans les opinions de ceux qui ont lu l'ouvrage avec quelque attention.

D'abord, en présentant l'absence totale des principes religieux comme l'une des premières causes de cette révolution dont le développement nous a fait éprouver tant de malheurs en France, il était impossible que le Poëme de la Mission, eût-il offert toutes les perfections imaginables, pût jamais trouver grâce aux yeux de ces hommes qui ne rêvent encore que désordre et qu'anarchie, et qui, dans une opposition constante à toute espèce de gouvernement, sont dévorés de la soif du pouvoir, qu'ils voudraient envahir sur les débris sanglans de tous les trônes de l'univers.

Il n'est pas moins évident qu'en attribuant aux puissans et généreux efforts des Missionnaires le rapide changement qui s'est opéré dans beaucoup d'esprits en faveur des autels, qu'on ne rougit plus aujourd'hui de rétablir dans leur ancienne splendeur, ce Poëme ne pouvait être vu qu'avec un souverain mépris par cette foule de prétendus philosophes de nos jours, qui, dans un aveuglement profond, se font gloire d'insulter à la Divinité, et de fouler aux pieds le code sacré de son Évangile.

Mais indépendamment de ces hommes à système, qui, marchant égarés dans les voies larges d'une monstrueuse philosophie, ne pouvaient accueillir avec quelque faveur un ouvrage qui sapait par ses fondemens son frêle édifice, il en était d'autres encore qui ne pouvaient pardonner à l'Auteur le juste soin qu'il a pris d'y relever avec éloge le zèle ardent de ce petit nombre d'hommes apostoliques qui, à eux seuls, valent évidemment une armée de conquérans, *pour soumettre à la Religion, comme au Prince lui-même, les sujets les plus rebelles aux lois de l'Église et aux vœux de l'autorité publique.*

*En effet, on ne saurait se le dissimuler, il n'est pas rare de rencontrer des personnes, d'ailleurs très-respectables par la nature de leurs principes, mais qui ne cachent pas tellement leurs sentimens particuliers sur les travaux de la Mission, qu'on n'y puisse facilement apercevoir plus que de l'*indifférence *pour ses succès, lors même que quelques-uns auraient peut-être dû s'en montrer naturellement les plus zélés panégyristes et les premiers soutiens.*

Si, pourtant, abstraction faite de tout préjugé défavorable, ces mêmes personnes voulaient bien considérer avec une sérieuse attention les fruits précieux qu'elle a réellement produits sur une classe d'hommes qui jamais n'auraient été chercher ailleurs des conseils et des instructions, et qui, maintenant revenus sincèrement de leurs égaremens passés, font partie du troupeau dont la fidélité console aujourd'hui l'Église, si long-temps désolée; si encore elles voulaient bien se pénétrer de tout l'intérêt que la Religion et l'État même ont à voir se consolider et se propager ces associations de Chrétiens que la Mission a fait éclore, et qui, pour ainsi dire, conservent le feu sacré *dans leur propre sein, et, comme nous l'avons remarqué dans cette nouvelle édition, y perpétueront et achèveront l'ouvrage même du Sacerdoce, certes! elles auraient bientôt abandonné leur système étrange, et dont il leur serait bien difficile aujourd'hui de justifier le fondement ruineux* (1).

Mais tel est le sort des choses humaines! Ce qui souvent est le plus salutaire en soi, ne peut pas toujours échapper à la censure irréfléchie des hommes quelquefois le plus éclairés; et quand une fois la prévention les entraîne, ils ferment, plus obstinément que les autres, les yeux à la lumière qui sort du flambeau même de la vérité.

Dans cet état de choses, est-il étrange que le Poëme de la Mission ait trouvé peu d'approbateurs, et que presque toutes les feuilles périodiques se soient constamment refusées à lui donner, même par une simple annonce, une ombre de publicité? *S'étonnera-t-on que celle qui paraît sous le nom imposant de l'*Ami de la Religion et du Roi, *ait été la seule qui, s'élevant au-dessus de tout esprit de parti, n'ait pas craint d'en donner, dans son numéro du* 11 *mars* 1823, *une analyse aussi fidèle qu'infiniment honorable pour l'Auteur?*

Environné de tant d'obstacles, il eût donc été bien difficile à ce dernier de trouver un appui véritable ailleurs que dans la classe des hommes vraiment amis de ces grands principes dont le

---

(1) *Dans son beau Mandement publié à l'occasion du carême de* 1824, *M. l'Evêque de Dijon, passant en revue les principales objections qu'on fait contre l'établissement des Missions, les réfute avec une précision admirable.*

Ne pouvant le suivre dans ses développemens heureux, je me contenterai de citer cette noble et touchante allégorie:

« *Véritables apôtres, et spécialement envoyés, comme eux, pour instruire et » exhorter, et, comme eux*, constitués pêcheurs d'hommes, *les Missionnaires ne » se lassent point de parcourir le vaste océan du monde. Quelle que soit l'agitation » des flots et la fureur des tempêtes, ils ne cessent de jeter le filet, et d'attirer » les âmes; et tandis que nous, ministres isolés de l'Evangile, nous travaillons » souvent jour et nuit sans rien prendre, eux, assistés d'une grâce toute particu- » lière, ils ne retirent jamais le filet sans amener sur le rivage une multitude de » poissons, et leurs pêches journalières sont toutes* DES PÊCHES MIRACULEUSES. »

(Extrait du journal de l'*Ami de la Religion et du Roi*, du 24 mars 1824.)

maintien seul peut assurer la paix des États, et qui, ne considérant que l'ensemble du poëme et le but salutaire qu'on s'y était évidemment proposé, n'ont pas balancé à l'accréditer dans la société par leur glorieux suffrage, malgré les imperfections qu'on pouvait lui reprocher, et qui n'avaient pas dû naturellement plus échapper à la sagacité *des vrais connaisseurs, qu'à la* malignité *de certains critiques qui se sont montrés bien moins jaloux de relever ces mêmes imperfections* dans le véritable intérêt de l'art, *que de les signaler hautement, pour mieux déprécier l'ouvrage, et en arrêter la circulation.*

J'étais, sans doute, loin de prévoir une opposition de cette nature, qui paraît avoir eu les caractères d'une petite persécution, que je ne pense pas avoir méritée, et à laquelle, d'après les sentimens que j'avais manifestés assez franchement, on devait bien croire, d'avance, que je me montrerais fort peu sensible.

Au reste, si, en s'élevant au-dessus de toute bienséance, et au mépris de ces vers si connus d'un poète moderne qui a dit avec assez de vérité :

> Un écrit clandestin n'est point d'un honnête homme ;
> Quand j'attaque quelqu'un, je le dois et me nomme,

si, dis-je, quelques ennemis secrets, pour me faire passer des observations aussi vagues en elles-mêmes, *que ridiculement injurieuses, se sont cachés lâchement* sous le voile de l'anonyme, *quelques hommes instruits, et qui n'ont pas craint de se faire connaître, m'ont aussi fait parvenir quelques réflexions et diverses remarques, à la justesse desquelles je n'ai pu qu'applaudir avec d'autant plus de reconnaissance, qu'ayant un* objet précis, *elles offraient toutes un caractère de* bienveillance, *et que, d'ailleurs, elles étaient faites avec un ton de* décence *et d'urbanité qui, seul, leur eût donné du poids, lors même qu'elles auraient été moins fondées en principe et en raison. Aussi n'ai-je pas balancé à seul instant à mettre à profit leur critique judicieuse, qui décelait dans leurs auteurs autant de* goût *que de* véritables connaissances.

*Et en cela, je n'ai fait, pourtant, que suivre les avis salutaires d'un écrivain recommandable qui, en tête du second discours qui précède son célèbre traité de l'*Art de penser, *s'exprime en ces termes remarquables :*

« *Tous ceux*, dit-il, *qui se portent à faire part au public de » quelque ouvrage, doivent en même temps se résoudre à avoir » autant de juges que de lecteurs.....;* et le seul droit qu'ils peuvent » se réserver légitimement, est celui de corriger ce qu'il y avait » de DÉFECTUEUX. *A quoi ces divers jugemens qu'on fait des livres » sont entièrement avantageux; car ils sont toujours utiles lors- » qu'ils sont justes, et ils ne nuisent en rien lorsqu'ils sont injustes.*

» *Il serait à désirer, ajoute l'auteur avec beaucoup de raison,* » qu'on ne considérât les premières éditions des livres que comme » des essais informes, *que ceux qui en sont les auteurs proposent » à des personnes de lettres pour en prendre le sentiment, et qu'en- » suite, sur les différentes vues que leur donneraient les diffé- » rentes pensées, ils y travaillassent tout de nouveau, pour mettre » leur ouvrage dans la perfection où ils sont capables de le porter.* »

Éclairé donc par de judicieuses remarques tant sur les omissions qui, dans le mélange des rimes, *m'étaient échappées en trois ou quatre endroits du Poëme, que sur d'autres défauts provenus de la négligence dans la correction des épreuves, lors de l'impression de l'ouvrage, à sa première édition, je me suis empressé, dans cette seconde, de les faire disparaître entièrement; et si relativement à quelques* inversions *et autres imperfections qu'on a relevées, je n'ai pas toujours déféré aux conseils de quelques critiques, c'est qu'après avoir soigneusement consulté quelques personnes* également instruites, *j'ai trouvé les opinions dans une* telle opposition, *que je n'ai pu me dissimuler qu'en me réformant sur l'avis des uns, je ne pourrais certainement échapper à la censure des autres.*

Au reste, j'avouerai de bonne foi que, si l'amour-propre me devait naturellement porter à revoir mon premier travail et à le corriger, deux motifs beaucoup plus louables devaient m'y déterminer puissamment.

D'abord, informé que dans plusieurs maisons d'éducation, on s'était empressé de confier à la mémoire de quelques jeunes personnes de l'un et de l'autre sexe divers morceaux de ce Poëme religieux, j'avais à craindre de les avoir induites en erreur par quelques exemples défectueux dans un genre de composition qui exige une exactitude rigoureuse dans les règles prescrites.

Mais une seconde raison d'un bien plus grand poids à mes yeux m'imposait encore l'obligation de retoucher mon ouvrage : elle prenait sa source dans le danger d'avoir offert aux ennemis de la Religion un prétexte de la décrier.

«*En effet, s'il est glorieux, comme le dit très-bien, d'après » S. Jérôme, un auteur moderne dans ses pensées théologiques* (1) *; » s'il est glorieux d'écrire en faveur de la Religion, il faut le faire »* avec la dignité *que demande l'importance du sujet.... Un* ignorant écrivain la déshonore plus qu'il ne la sert; *les* impies *et les* » sectaires *en profitent pour l'insulter : on transfère la faiblesse » de l'auteur à la cause qu'il défend.* »

Des réflexions de cette importance étaient bien de nature, sans doute, à m'obliger à reprendre la plume, et je devais me hâter de le faire, pour ne pas mériter le grave reproche d'avoir, par trop de précipitation ou de légèreté, compromis les vrais intérêts de cette Religion auguste et sacrée dont j'avais voulu célébrer dignement les nouveaux triomphes.

---

(1) *Pensées théologiques du R. P. Nicolas Jamin*, chap. XIV, n.° 38.

*Au reste, pour tenter d'arriver à cette perfection qu'on aurait droit d'exiger peut-être dans un ouvrage qui traite d'une matière aussi relevée, j'avouerai que j'ai pourtant mis quelques bornes à mes efforts. Si, parlant de la géométrie, un écrivain a dit quelque part que l'*homme n'était pas né pour passer sa vie à tracer des lignes*; ne pourrait-on pas dire aussi, relativement à la poésie, qu'il est pour lui des choses plus essentielles à faire, que d'employer tout son temps à* arranger des mots? *Destiné par état à préparer les oracles sacrés de la justice, ou à rétablir la paix dans le sein des familles qu'aurait pu troubler une discorde fatale, n'aurais-je pas à me reprocher véritablement des soins minutieux et si étrangers aux nobles fonctions qui m'ont été confiées.*

Je terminerai mes observations sur cette nouvelle édition, par dire un mot sur les additions qu'on y trouvera.

Plusieurs personnes m'ayant fait remarquer que beaucoup d'endroits de mon ouvrage échapperaient toujours à l'intelligence du commun des lecteurs, qui n'étaient pas familiarisés avec les saintes Écritures, et qu'il devenait conséquemment indispensable de donner quelques développemens à mes pensées par des citations qui pussent éclaircir le texte, je me suis empressé de déférer à cet avis, très-sage et très-conforme à mon propre désir, qui ne pouvait être autre que celui d'être bien compris, surtout des personnes sur l'esprit desquelles les principales preuves de la Religion que j'ai développées, pourraient avoir quelque empire, et les porter à se jeter irrévocablement dans son sein.

Mais en me livrant à ce nouveau travail, à une époque où toute la France, dans une juste ivresse à l'occasion du triomphe éclatant de ses armées en Espagne, célébrait la valeur et la gloire du Prince auguste et généreux qui l'a délivrée de la tyrannie de ses oppresseurs, il était impossible qu'en partageant la joie publique, je ne fisse point entrer dans cette nouvelle édition l'éloge de nos guerriers et particulièrement celui du Héros pacificateur *qui les a conduits si rapidement à la plus mémorable des victoires, laquelle n'est, à vrai dire, que l'heureux fruit des hautes conceptions d'un Monarque si justement adoré de ses peuples.*

On ne sera donc pas surpris de trouver aujourd'hui, dans ce Poëme, une prophétie nouvelle sur les grands événemens qui ont si miraculeusement amené le rétablissement de l'illustre et malheureux Ferdinand VII sur le trône de ses pères.

C'est un nouvel hommage que je ne pouvais assez m'empresser d'offrir à l'illustre Vainqueur des Espagnes, dont, à la nouvelle de sa conquête, j'avais, le premier, célébré le triomphe par un cantique qu'on n'a cessé de chanter durant plus de deux mois consécutifs, dans la basilique spécialement consacrée à l'illustre patronne de Paris, et dans beaucoup d'autres églises du Royaume. On le trouvera réimprimé à la suite de ce Poëme.

LA MISSION

A PARIS,

OU LES NOUVEAUX TRIOMPHES

DE LA

RELIGION CATHOLIQUE,

DANS LE VÉRITABLE INTÉRÊT DE L'ÉTAT.

CHANT PREMIER.

QUAND la fidélité fut mise au rang des crimes,
Et que de l'honneur même admirables victimes,
D'illustres fugitifs, ralliés à sa voix,
Formaient avec Condé le parti de nos Rois,
Jeune alors et touché de leur noble courage,
Je méprisai comme eux les périls et l'orage.

Mais dès qu'un sort contraire eut trahi leur valeur,
De la nuit des cachots perçant la profondeur,
Des vaincus opprimés j'embrassai la défense :
D'un dédale de lois que dictait la vengeance
Réduit à m'engager dans les sombres détours,
J'assurai leur salut au péril de mes jours.

Et vous, ministres saints dont l'âme grande et pure
Préféra mille morts aux faveurs du parjure,
De vos cœurs généreux admirant la vertu,
Ah ! c'est pour vous, surtout, que j'ai tant combattu !
Si le succès alors passa mon espérance,
C'est que de l'Éternel la sage providence,
Pour confondre l'orgueil qui règne injustement,
Ne craint point d'employer le plus faible instrument.

Maintenant qu'un Roi sage autant que magnanime
Sur l'ange de la mort a refermé l'abîme,
En un champ moins funeste et des jours plus égaux,
J'aspire, en mes vieux ans, à des lauriers nouveaux;
Mais du temple, aujourd'hui, franchissant les portiques,
Je les veux moissonner au chant de ces cantiques,
Noble et juste tribut qu'au Seigneur, chaque jour,
S'empresse d'acquitter un chaste et pur amour.

O ! vous qu'en ce lieu saint votre respect attire,
Jeunes Vierges ! venez aux accords de ma lyre
Unir vos chants sacrés. Et dussent nos concerts
Allumer de nouveau la rage des enfers,
Fournissant à grands pas ma nouvelle carrière,
Je n'en dirai pas moins l'origine première

Des malheurs dont la France éprouva la rigueur.
De la religion qui conduit au bonheur,
Je peindrai dans mes vers le triomphe et la gloire.

C'est à vous qu'elle doit sa nouvelle victoire,
Ministres généreux, qui combattez pour nous;
Laissez, laissez l'impie, ardent en son courroux,
Couvrir de ses mépris votre simple éloquence.
Rempli du sentiment de la reconnaissance,
Tout Paris rassemblé, dans nos jours solemnels,
Tous les rangs confondus à l'ombre des autels,
Vous ont assez vengés de sa fureur jalouse.
Prêtres de Jésus-Christ, de sa fidèle épouse,
Proclamez de nouveau la doctrine et les lois;
Et bientôt ses enfants, dociles à sa voix,
Du vice terrassé fuyant la source impure,
Pairont de vos travaux le prix avec usure.

Né libre et sorti pur des mains du Créateur,
L'homme pouvait prétendre au souverain bonheur.
Au mépris des décrets de son Maître suprême,
Il écouta l'orgueil et se perdit lui-même.
Mais Dieu, quoiqu'outragé par un crime aussi noir,
Ne l'abandonna point et lui fit entrevoir
Ce fruit du chaste sein d'une Vierge féconde,
Qui devait naître un jour pour le salut du monde. (1)

Déchu de sa grandeur et sujet à la mort,
Adam nous entraîna dans son malheureux sort:
Et l'univers coupable en gémirait encore,
Si le Christ, en naissant, enfin n'eût fait éclore

Ces beaux jours de salut qui nous étaient promis. (2)
Il vint dès que les temps furent tous accomplis ; (3)
Mais rejetant la foi des plus sacrés oracles,
Et malgré tout l'éclat de ses divins miracles,
Jérusalem ingrate et rebelle à la fois,
De son libérateur a méconnu la voix.

Dès-lors Juda perdit son plus bel héritage,
Et sur l'olivier franc, fut enté le sauvage. (4)
Par le serpent d'airain au désert figuré, (5)
Dieu du peuple gentil qu'il avait attiré
Par sa mort généreuse assura la conquête.
Envain Rome éperdue excita la tempête
Dont, trois cents ans, l'Église éprouva les fureurs ;
Rougissant à la fin de ses dieux imposteurs,
De son Jupiter même elle a brisé l'idole,
Et des drapeaux du Christ orné le capitole.

C'était peu que le Tibre eût coulé sous sa loi,
Plus loin devrait briller le flambeau de la foi.
Sa lumière divine écartant les nuages,
De la Seine, à son tour, éclaira les rivages.
Clovis, le grand Clovis abjura ses faux dieux ; (6)
Et courbant sous le joug son front victorieux,
Il y trouva bientôt cet appui redoutable
Qui rend de tous les Rois le trône inébranlable.

Honneur ! honneur à toi, sainte religion,
Qui désarmas enfin la superstition,
Qui, d'oracles sanglans dévoilant l'imposture,
Appris à respecter les droits de la nature. (7)

Hélas! chez nous encor, sans ton puissant secours,
L'innocence au berceau tremblerait pour ses jours!

Si l'homme a des vertus, c'est toi qui les inspires;
S'il éprouve un malheur, c'est toi qui l'en retires.
Le soir, quel voyageur de sa route écarté
As-tu privé jamais de l'hospitalité?

Lorsque le Saint-Sépulcre, arrosé de vos larmes,
Fut confié jadis au pouvoir de vos armes,
Qui mieux que vous, au rang des plus braves guerriers,
A rempli ce devoir, illustres chevaliers!
Quoiqu'au sein de la paix et loin des infidèles,
Au chrétien dans Paris vous servez de modèles.

Le peuple franc dormait à l'ombre de la mort:
Du salut au réveil il découvrit le port.
Nos Rois, après Clovis, adorant nos mystères,
L'y maintinrent fidèle à la foi de nos pères.
Aux jours de nos malheurs, comment a-t-il enfin
Des premières vertus oublié le chemin?
Quel génie infernal, lui déguisant son crime,
Des révolutions l'a plongé dans l'abîme,
Et dans son cœur ingrat, éteint, tout à la fois,
Son respect pour son Dieu, son amour pour ses Rois?
Des sophistes du temps, ah! suivez la doctrine,
Et de nos maux après demandez l'origine.

Source de la justice et de la vérité,
Celui qui remplit tout par son immensité,
Dont, au premier des jours, la parole féconde

Sans effort du néant a fait jaillir le monde,
Oui, Dieu qui nous appelle à l'immortalité,
Pèse nos actions au poids de l'équité.
Il grave d'une main les crimes de la terre,
Et de l'autre il retient ou lance le tonnerre.
Du faible qu'on opprime il prend en main les droits,
Et punit tôt ou tard le mépris de ses lois.
En puissant souverain, maître de la nature,
Il défend l'adultère, abhorre le parjure.
C'est par lui qu'est réglé le destin des combats,
Son bras puissant élève ou détruit les États.
Tout prince sur la terre est son auguste image,
Et qui peut l'offenser à Dieu fait un outrage.
Mais si, dans sa fureur, il n'a point éclaté,
C'est que, pour se venger, il a l'éternité.

Dans ces jours malheureux où la philosophie
Voulait tout asservir à son mauvais génie,
Quel succès auraient eu de semblables leçons ?
D'une doctrine fausse enivrés des poisons
Les Français corrompus dès le printemps de l'âge,
Avaient de la raison abandonné l'usage.

« Au-dessus, disaient-ils, avec nos érudits,
» Au-dessus du vulgaire élevons nos esprits.
» Désabusés enfin de nos vieilles chimères,
» A leurs vaines terreurs abandonnons nos pères.
» Dieu n'exista jamais : et dans tout l'univers,
» La politique seule a creusé les enfers.
» L'homme n'a rien à craindre : à son heure dernière,

» Son être anéanti rentre dans la poussière.
» De survivre au trépas si nous n'avons l'espoir,
» Eh ! qui donc de souffrir peut nous faire un devoir ?
» Si du malheur enfin un de nous est victime,
» De ses soupirs jaloux qui peut lui faire un crime ?
» Du besoin qui l'oppresse, et le traîne au tombeau,
» Qui l'a pu condamner à porter le fardeau ?
» Tous les biens sont communs : pour entrer en partage,
» Il ne faut en nos mains qu'une arme et du courage.
» Trop long-temps usurpés, ah ! recouvrons nos droits.
» Est-ce à nous à souffrir la tutelle des Rois ?
» Brisons nos fers : aux pieds foulons le diadême ;
» Pour nous l'indépendance est le seul bien suprême. »

Ainsi de sang et d'or tout un peuple altéré,
Par nos écrits pervers fut bientôt égaré.
Et qui n'a pas encor présens à la mémoire,
Ces faits déjà livrés au burin de l'histoire ?

Vainement confiés à la garde des lois,
Ici, dans Orléans, périrent à la fois
Ces ôtages sacrés dont le noble martyre
Ne fit des factieux qu'augmenter le délire.
Là, dans le temple même, aux pieds du saint autel,
Où le Christ immolé s'offrait à l'Éternel,
Des bourreaux que ne put désarmer l'innocence,
Massacraient dans Paris nos prêtres sans défense.

Après tant de malheurs, heureux prédestinés,
De la main de Dieu même aujourd'hui couronnés,
Votre sang répandu criait alors vengeance,
Et c'est vous qui sur eux appeliez sa clémence!

Mais ô crime! ô douleur! le plus digne des Rois
Vainement à l'abri sous l'égide des lois,
A son peuple en fureur vint demander justice;
Il fallait à ce monstre un sanglant sacrifice.
C'est en vain que Malsherbe et Tronchet réunis,
Partageant le danger, bravent ses ennemis.
C'est en vain que de Sèze, armé pour sa défense,
Fait briller au Sénat les traits de l'éloquence;
Non, rien ne put sauver le juste couronné!
Aux fureurs des partis il meurt abondonné.
A sa chûte, frappés d'une terreur profonde,
Nous vîmes chanceler tous les trônes du monde.

Ce dernier attentat une fois consommé,
Que ne fit point le peuple au crime accoutumé?
Insensible, dès-lors, au cri de la nature,
Pouvait-il épargner la vertu la plus pure,
Quand son image seule offensait ses regards?
Elisabeth! et vous la fille des Césars,
Comme le fruit qui cède aux rigueurs de l'automne,
Vous tombâtes bientôt sur les débris du trône:
Et si le Dieu puissant qui régit les humains
Neût détourné le fer des plus vils assassins,
Belle de tout l'éclat de ses jeunes années,

L'orpheline du temple eût eu les destinées
De cet illustre enfant, né pour dicter des lois
Et dont le crime fut d'être du sang des Rois.

Ah! faut-il que depuis, en un jour trop funeste,
De celui des Condés Vincenne ait vu le reste
Versé par un forfait qu'ourdirent les enfers,
Et dont la nouveauté fit pâlir l'univers?

Mais la faux du trépas qui moissonna nos princes,
N'épargna ni Paris, ni nos tristes provinces.
Le pur sang des Français, qui coulait à grands flots
Des fleuves irrités fit déborder les eaux.
Et leurs restes épars sur un sombre rivage,
De la destruction n'offraient plus que l'image.
Des monstres furieux, vantant la liberté,
Venaient river nos fers dans la captivité.
Pour contraindre les grands à quitter la patrie,
Sous leurs toits embrâsés ils soufflaient l'incendie;
Et jaloux d'augmenter le nombre des proscrits,
Sur leur liste d'avance ils les avaient inscrits.
Mais qui peut déplorer ce coupable artifice,
Lorsque de Dieu lui-même ils bravaient la justice?

Hélas! qui n'a pas vu ces insensés mortels,
Adorant la raison, lui dresser des autels,
Et dans la folle ardeur d'une coupable ivresse,
Avec pompe y placer une impure déesse?

Encore, ô Dieu puissant, si, pour venger vos droits.
Un de vos prêtres saints eût élevé sa voix!
Mais les uns abattus gémissaient dans les chaînes;
Les autres dispersés en des plages lointaines,
De toutes les vertus en offrant le tableau,
Sous le poids du malheur y cherchaient un tombeau.

A les tyranniser tant de persévérance
Fut pourtant un bienfait qu'offrit la providence.
A l'abri du danger sur un sol généreux,
Dieu nous les réservait pour des temps plus heureux.

En Egypte, autrefois, c'est ainsi que Marie,
A son fils adorable a conservé la vie;
Et que d'un Roi cruel la barbare fureur
Nous ménagea les dons du vrai libérateur;
Tant, sans nous découvrir ses desseins magnanimes,
Souvent à leur succès Dieu fait servir nos crimes.

Mais un dernier manquait pour combler nos malheurs.
Hélas! il vint rouvrir la source de nos pleurs.
Du plus grand des Henris nous retraçant l'image,
Berri d'un règne heureux nous offrait le présage.
Du bonheur des Français l'athéisme jaloux
A des larmes de sang vint nous condamner tous;
Et le fer qui du prince a terminé la vie,
Dans un deuil éternel a plongé la patrie.

De tant d'horreurs, grand Dieu! le triste souvenir,
A mon âme flétrie, arrache un long soupir.

Oui! c'en est fait : la voix sur mes lèvres expire,
Et sous mes doigts tremblants va s'échapper ma lyre.
Jeunes vierges, venez, ah! venez de mon cœur,
Par vos tendres accens, appaiser la douleur.
A ces tristes récits, qu'un autre enfin succède :
C'est assez de malheurs, montrons-en le remède.

CHANT II.

Arrivés triomphans au séjour de la gloire,
Et des maux d'ici-bas conservant la mémoire,
Les Saints offrent pour nous, dans un transport nouveau,
L'encens de la prière au trône de l'agneau.
Ce sont eux qui du ciel appaisent la colère.

Une Vierge célèbre et que Paris révère,
Qui de mille fléaux a su le garantir,
Sollicitait pour lui le don du repentir.

« A ce peuple long-temps à vos lois infidèle,
» O Mon Dieu, pardonnez : faites grâce, dit-elle ;
» Montrez-lui ses forfaits et leur énormité :
» De son cœur inconstant brisez la dureté :
» Et qu'aux pieds de la croix, que blasphème l'impie,
» En mourant de douleur, il retrouve la vie ! »

Du rémunérateur de toutes les vertus,
Geneviève jamais n'eut à craindre un refus.

« Allez, dit l'Éternel sensible à sa prière,
» A votre peuple ingrat reporter ma lumière.
» Pour défendre mes droits armez la vérité.
» S'il ne revient à moi dans la sincérité,

» Du vin de ma fureur, versé dans ma justice,
» Je lui ferai bientôt épuiser le calice. »

A ces mots, pour son Dieu, le cœur rempli d'amour,
La Vierge en s'inclinant quitte l'heureux séjour.

Plus prompte que l'éclair au milieu de l'orage,
De la Seine bientôt elle touche au rivage;
Et s'ouvrant une route, à travers le zéphir,
Elle aborde Paris, objet de son désir.

A plus d'un vrai pasteur, souvent dans son église,
Du troupeau trop nombreux la garde fut commise.
Dans la route des Saints, pour le conduire alors,
Deux prélats vertueux unissaient leurs efforts.

Plein d'un juste mépris pour une pompe vaine,
L'un marchait, à regret, sous la pourpre romaine.
L'autre, modèle heureux de la simplicité,
Attirait tous les cœurs par son aménité.

Au premier, que déjà courbait le poids de l'âge,
Geneviève voulant révéler son message,
D'un songe, dans la nuit, emprunta le miroir :
Sur la nature même, usant de son pouvoir,
Elle apparut soudain au milieu du silence.

Sur son paisible front éclatait l'innocence ;
On voyait à ses pieds reposer un agneau :
Et vers elle avançait le reste du troupeau.

« Celui-ci m'est soumis, dit l'auguste bergère,
» S'il s'écarte un moment sur la verte fougère,

» Il revient sur mes pas, au seul son de ma voix.
» Pourquoi le vôtre, hélas ! méconnaît-il vos lois?
» Et pourquoi, si long-temps indocile et volage
» A-t-il abandonné le sacré paturage?
» Vers celui qui l'attend, pour hâter son retour.
» Prélat, n'attendez pas jusqu'au déclin du jour.
» C'est le Dieu trois fois saint qui bénit et pardonne,
» C'est le Dieu tout-puissant, oui c'est lui qui l'ordonne.
» Mais apprenez ici toute sa volonté.
» Non, ce n'est point par vous que sera visité,
» Ce troupeau qu'il commit à vos mains paternelles.
» Dans peu, doivent s'ouvrir les portes éternelles
» De cet heureux séjour qu'habitent les élus,
» Et vous y recevrez le prix de vos vertus.
» Mais du fils de Jessé suivez le noble exemple;
» Il a tout rassemblé pour construire le temple,
» Lorsque de l'élever, par ordre du Seigneur,
» A l'héritier du trône il réserva l'honneur. (1)
» Dans les travaux nombreux, le zèle et le courage
» N'offrent qu'un vain appui sous les glaces de l'âge.
» Mais Quélen, jeune encor, en son apostolat,
» Peut sortir en vainqueur d'un généreux combat :
» Laissez-en l'entreprise à sa douce éloquence ;
» En ramenant le peuple, il sauvera la France.
» Pour entraver sa marche et ses efforts divers,
» Mille démons armés sortiront des enfers.
» Mais qui défend son Dieu, qui combat pour sa gloire,
» Peut-il un seul instant douter de la victoire?
» Par avance un moment savourez-en le fruit,
» Pour vous des temps futurs va s'éclaircir la nuit.

» Dans Paris abusé la ruse et l'artifice
» De la religion menacent l'édifice ;
» Mais de Chrétiens, unis par des liens heureux,
» N'en sortira pas moins plus d'un essaim nombreux
» Qui prenant son essor, avec pleine assurance,
» Des amis de la foi repeuplera la France :
» Et malgré les efforts de l'enfer irrité,
» Ces liens tout-puissans de la fraternité,
» Du temps qui détruit tout, prévenant le ravage,
» Du Sacerdoce même affermira l'ouvrage. (2)
» C'est alors que, soutiens du trône et des autels,
» Vos guerriers, pour cueillir des lauriers immortels,
» Franchiront tout-à-coup les Hautes-Pyrénées
» Et qu'un prince Français, à la fleur des années,
» Par ses travaux hardis étonnant l'univers,
» D'un Bourbon malheureux ira briser les fers.

» Des rebelles envain la noire perfidie
» Allumera les feux d'un coupable incendie :
» Envain, dans ses fureurs, le démon des combats
» Fera voler la mort au-devant de ses pas,
» Rien n'intimidera son généreux courage. (3)
» De ses fiers ennemis bravant l'aveugle rage,
» De Cadix froudroyé sur les derniers remparts
» Il plantera des lys les nobles étendards,
» Et Madrid, revoyant l'objet de sa tendresse,
» Bénira de Louis la profonde sagesse.

» Ainsi de l'Éternel, juste en tous ses arrêts,
» S'accompliront enfin les souverains décrets.

»Avant que le soleil, dans l'Espagne étonnée,
»Ait décrit la moitié du cercle d'une année.

»Ce triomphe éclatant des armes des Français
»Dans l'Europe bientôt fera fleurir la paix,
»Et le libérateur de l'heureuse Ibérie
»Se verra couronné des mains de la patrie.»

Elle dit: et traçant un sillon lumineux,
La Sainte disparaît sur la route des cieux.

De ce songe divin à peine la merveille,
En dessillant ses yeux, eut frappé son oreille,
Que soumettant à Dieu sa propre volonté,
Le vieillard obéit à la divinité:
Il s'immola, dès-lors, au salut de ses frères,
Et depuis s'endormit dans le sein de ses pères.

Emportant nos regrets, au-delà du tombeau,
A son coadjuteur il légua son fardeau:
Mais celui-ci, jaloux de sauver l'héritage,
En confia le soin à la main douce et sage
De ces vrais moissonneurs qui pour nous, tour à tour,
Sur un terrain ingrat, portent le poids du jour.

Si, cultivé par eux, on y trouve la vie,
Que ne vous devra point mon heureuse patrie,
Rausan, Janson, Menou; vous aussi Mesnildot
Qui, n'aguères encor, victime d'un complot,
Pouviez périr atteint de la main d'un barbare?
De quel prix est pour nous votre éloquence rare,
Jeune et zélé Cailleau, qui dédaignez les fleurs;

Fauvet qui n'aspirez qu'au triomphe des cœurs ;
Oui, vous tous dont le nom échappe à ma mémoire,
Mais n'en fera pas moins l'ornement de l'histoire.

Pour l'œuvre du salut, tout enfin préparé,
De son nouveau troupeau le pasteur adoré,
Dans Saint-Étienne, à peine avait ouvert la lice,
Que, déjà désarmé, Dieu se montrait propice.
Tout annonça, dès-lors, que Paris, sans retour,
Renoncerait bientôt aux maximes du jour ;
Et qu'enfin soulevant le poids de ses misères,
Il chercherait la paix au sein de nos mystères ;

De tous les malheureux juste et dernier espoir,
Une religion qui nous fait un devoir
De respecter les droits de l'autel et du trône ;
Qui défend la révolte et commande l'aumône ;
Qui, condamnant le vol, comme la trahison,
Soumet au Créateur notre faible raison.
Cette religion, de céleste origine,
A vu, dans tous les temps, combattre sa doctrine.

Comment n'eût-elle point alarmé ces esprits
Qui, pleins d'un fol orgueil, d'impiété nourris,
En trempant dans le fiel leur plume trop féconde,
Veulent émanciper tous les peuples du monde ?
Comment n'eût-elle point, par ses propres succès,
De leur emportement redoublé les accès ?

Mais pour mieux éluder le pouvoir de ses charmes,
De la séduction on emprunta les armes.

Au centre de Paris, est un repaire affreux,
Des ennemis du trône asile dangereux,
Soupirail de l'enfer, à ses clartés funèbres,
On ne peut qu'avec peine en percer les ténèbres.
C'est là que nuit et jour, de trop coupables mains,
De tous les rois trahis balançant les destins,
Préparent l'aliment qui soutient l'anarchie.
C'est de là que du mal le trop puissant génie
De tout gouvernement en brisant le ressort,
A dicté, sans pitié, tous ces arrêts de mort,
Qui du sang le plus pur ont inondé la terre.
Oui, là fut déchaîné ce démon de la guerre
Qui, dans l'Espagne en feu ranimant les combats,
De son monarque aux fers, déchirait les États,
Avant que la valeur d'un Prince magnanime
Eût remis dans ses droits cette auguste victime;
Et, n'ambitionnant que l'honneur et la paix,
Eût immortalisé l'éclat du nom Français.

Sortis secrètement de leur antre sauvage,
Ces monstres furieux poussaient des cris de rage,
Et d'un mensonge adroit, empruntant le secours,
A la foule abusée ils tinrent ce discours :

« Eh ! quoi donc, arrivés au siècle des lumières,
» Souffrirez-vous long-temps ces étranges bannières
» Qui, frappant les regards d'un éclat emprunté,
» N'en sauraient imposer qu'à la stupidité ?
» De leurs nobles projets à la simple nature,
» De vos prêtres enfin connaissez l'imposture.

» De la religion s'ils nous vantent les lois ;
» Du Dieu qu'ils ont forgé si, proclamant les droits,
» Ils le montrent, sans cesse, armé par la justice ;
» Ce n'est que pour servir leur infâme avarice.
» Eh ! que leur font le Ciel et la Divinité ?
» Nous en parleraient-ils, si la cupidité
» N'y trouvait un moyen d'établir leur empire ?
» Peu touché de vos maux, chacun d'eux ne soupire
» Qu'après cet heureux jour où nos législateurs
» Étourdis ou lassés d'importunes clameurs,
» Vous priveront, pour eux, du si juste avantage
» De cueillir, seuls, les fruits d'un antique héritage.
» A ce prix, dérobant l'encens de leurs autels,
» Ils iront tous l'offrir aux derniers des mortels.
» Voulez-vous donc, courbant le front avec bassesse,
» Caresser avec eux l'orgueil de la noblesse,
» Et fiers de l'esclavage, aux pieds de vos égaux,
» En reprendre le joug sous les droits féodaux ? »

A ce magique mot, à ce mot d'esclavage,
Privé d'expérience, au printemps de son âge,
Quel Français abusé pouvait ne pas frémir
Au perfide tableau d'un semblable avenir ?

Aussi de ce discours la malice traîtresse
Exaspéra bientôt une ardente jeunesse,
Qui, sans en soupçonner le dangereux poison,
Servait des factieux la noire trahison.

D'un prince très-chrétien sous les heureux auspices,
On suivait dans Paris nos pieux exercices,

Et de la mission les zélés orateurs
Au Christ abandonné ramenaient les pécheurs.

Quélen, dans un discours éloquent et facile,
Leur avait, le premier, armé de l'évangile,
D'un repentir utile indiqué le chemin.
Et comme Josué, sur les bords du Jourdain,
Il semblait, en pasteur dirigeant son église,
Mener tout Israël vers la terre promise.

Ce rapide succès ne pouvait qu'alarmer;
L'enfer, pour l'arrêter, parut se ranimer.

De nos lois la plupart, étrangers à l'école,
Et d'ennemis secrets guidés par la boussole,
De jeunes imprudens, en groupe réunis,
Des temples tout-à-coup franchissent les parvis.
On les voit, se mêlant à nos vierges pudiques,
Troubler insolemment le chant de leurs cantiques.
Et de nos livres saints avec témérité
Démentir hautement l'auguste vérité.

Mais de nos passions, jusqu'où va le délire,
Quand le cœur s'abandonne à leur aveugle empire!
Aux marches de l'autel, des femmes sans pudeur,
De Dieu même outrageant l'ineffable grandeur,
Sans l'ombre de respect pour les plus saintes âmes,
En étouffaient la voix par des chansons infâmes!

Ainsi, dans un orage, en un jour nébuleux,
L'eau sale qui croupit sur un terrain fangeux,

En se précipitant des collines lointaines,
Se mêle avec fracas au cristal des fontaines.

On fit plus : du Seigneur profanant la maison,
Dans l'ombre on l'infecta d'un fétide poison,
Et l'enfer du salpêtre, en embrâsant la poudre,
Osa nous menacer des éclats de la foudre,
Quand, au pied des autels, nous élevions la voix,
Pour demander à Dieu le salut de nos rois.

O ! de la liberté bien étranges apôtres,
Ils voulaient en jouir, mais en priver les autres !

Qui concevra jamais de pareils ennemis !
Ils osaient nuit et jour invoquer à grands cris,
La Charte, de nos droits base fondamentale.
Et du mépris pour elle affichant le scandale,
Dans un désordre affreux, sans raison et sans foi,
Ils foulaient à leurs pieds les tables de la loi.

Mais c'était peu pour eux d'imiter le tonnerre,
Il leur fallait du sang pour en rougir la terre.
Oui ! puisqu'il faut le dire, un cruel assassin,
Du débris d'une pierre alors arma sa main,
Et près des saints autels, en cherchant sa victime,
Il tenta, mais en vain, de consommer son crime.

Du pontife lui-même il en voulait aux jours :
Dieu qui pour nous alors en ménageait le cours,
Trompa d'un cœur si bas la cruelle espérance.
Mais au sein du danger resté plein d'assurance,

Mesnildot eût péri sous le coup abattu,
Si le Ciel à nos vœux ne l'eût enfin rendu. (4)

Mais à Dieu comme au Roi nos légions fidèles
Ont enfin dispersé tous ces jeunes rebelles,
Dont plus d'un, aujourd'hui, déplore amèrement
Les jours infortunés de son aveuglement.

A ces indignités qu'on a peine à comprendre,
Dans un État chrétien qui donc pouvait s'attendre!

Mais puisqu'ils sont vaincus ces obstacles affreux,
Terminons, il est temps, leur récit douloureux.
Et de la mission contemplant la victoire,
Hâtons-nous d'arriver aux beaux jours de sa gloire.

CHANT III.

Au-dessus de Boulogne, et non loin de Surène,
Est un mont renommé qui domine la Seine.
Sur le cep jaunissant, la pourpre des raisins,
Dans l'arrière saison, en borde les chemins.
Du sommet qui s'incline à distance inégale,
On découvre Saint-Cloud avec la capitale;
Et l'horizon sans borne, aux regards enchantés,
Y présente à la fois mille et mille beautés.
Deux fois par an, le peuple honorant l'hermitage,
Sur son roc escarpé monte en pèlerinage.
L'orpheline du temple oubliant les grandeurs,
Y vient aussi deux fois l'arroser de ses pleurs.
Sous un ombrage frais, assez près du Calvaire,
Y réside en tout temps un saint missionnaire.
C'est là que d'un orage évitant le danger,
Pour trouver un abri, vint un jeune étranger.

Signalé dans les rangs de la foule insensée,
Qui des parvis sacrés fut enfin repoussée:
Peu jaloux des honneurs de la captivité.

De Paris, par prudence, il s'était écarté.
Dans ses mauvais desseins abondait-il encore?
Et quel était son nom, son pays? Je l'ignore.
Mais on n'en peut douter; ce fut la main de Dieu
Qui conduisit ses pas vers ce paisible lieu.
Suivant de nos guerriers la noble destinée,
Il arrivait à peine à sa vingtième année.
D'un esprit cultivé s'il montrait l'ornement,
Des préjugés affreux gâtaient son jugement.

Dans les plaines de l'air, précurseurs de l'orage,
Les autans de poussière élevant un nuage,
Avaient du plus beau jour éclipsé le flambeau.
Le tonnerre grondait sur un déluge d'eau :
Et des flots écumeux la chute et le murmure,
Semblaient dans le cahos replonger la nature.

« Dans vos bois égaré, peut-être imprudemment,
» Permettez qu'en ce lieu je respire un moment,
» Dit le jeune étranger au pieux solitaire.

» Venez, dit celui-ci, venez mon jeune frère,
» Sous ce paisible toit prendre quelque repos.
» De son semblable, heureux qui, partageant les maux,
» Aide à le consoler dans cette courte vie,
» Dont la route, mon fils, n'est pas toujours fleurie! »

Après ces mots flatteurs, et sans plus discourir,
Il lui présente un fruit propre à le rafraîchir.

L'absence de tout vent, sous la voûte éthérée,

De l'orage long-temps prolongea la durée ;
Et d'une épaisse nuit l'épouvantable horreur.
Jusques au lendemain retint le voyageur.
Le ciel était plus calme, et la voix du tonnerre
Laissait enfin en paix les échos de la terre,
Quand l'aurore annonçant le retour du soleil,
Vint du jeune étranger éclairer le réveil.

Loin du bruit importun qui fatigue la ville,
Etonné de se voir dans ce modeste asile,
Il en considérait l'ordre et l'arrangement,
Quand à ses yeux surpris s'offrit en ce moment,
Ce conseil dont la mort, à notre heure fatale,
Nous découvre trop tard la sublime morale.

« *Quels que soient tes destins,*
» *Si de l'homme ici bas tous les projets sont vains,*
» *Ne t'arrête qu'à Dieu : Maître de la nature,*
» *Lui seul est des vrais biens la source la plus pure.*
» *Docile à ses leçons cherche la vérité,*
» *Et n'attends point que sa vive lumière,*
» *De la nuit du tombeau perçant l'obscurité,*
» *Vainement blesse ta paupière*
» *Aux portes de l'éternité.* »

« L'éternité, dit-il, quelle vaine chimère ?
» Dites, au fond du cœur, y croyez-vous, mon père !
» Du bonheur des humains tous vos prêtres jaloux,
» Partout d'un Dieu vengeur nous peignent le courroux.
» Mais contre leurs discours la raison nous rassure,
» Et tout homme sensé ne voit que la nature.

» Mon fils, oh ! mon cher fils, reprit l'homme de Dieu,
» Quel sein t'a-donc nourri ! Dans quel étrange lieu
» Aurais-tu donc appris à vomir le blasphême ?
» A ce système affreux peux-tu croire toi-même ?
» Dans la nature, en tout, éclate la grandeur,
» Mais, s'il faut l'admirer, c'est dans son créateur.
» De tant d'objets divers, que présente l'ouvrage,
» Est-ce à l'homme qu'est dû l'étonnant assemblage ?
» Qui donc à ses bienfaits ne le reconnaît pas ?
» Aux bords de l'Océan, malheureux, suis mes pas ;
» Des portes du matin vois jaillir sa lumière,
» Et dis-moi, si tu crois qu'une aveugle matière
» Ait jamais pu former l'astre brillant du jour
» Et qu'un autre qu'un Dieu préside à son retour ?
» De la nuit le hasard a-t-il ourdi les voiles
» Et réglé dans leur cours la marche des étoiles ?
» La terre, tous les ans, te prodigue ses dons.
» En cueillant à loisir, dans l'ordre des saisons,
» Et les fleurs du printemps et les fruits de l'automne,
» Tu repousses, ingrat, la main qui te les donne !
» Mais de tes préjugés, pour sentir les écarts,
» Un moment sur toi-même arrête tes regards.

» Au premier des humains qui donna la naissance !
» Et toi-même de qui tiens-tu l'intelligence !
» Sans le secours des sens et l'organe des yeux,
» Tu t'élèves par elle à la hauteur des cieux,
» Et peux d'ici bas même en contempler la gloire.
» Dis-moi, qui du passé t'a donné la mémoire,
» Dans le cœur du coupable a jeté les remords.

» Et de ta propre vie entretient les ressorts ?
» Ah ! si l'orgueil ici ne te contraint à feindre,
» Dans ton aveuglement que je te trouve à plaindre ! »

« Forcé d'abandonner un système aussi vain,
» Je veux, dit l'étranger, qu'un Être souverain,
» Dans les temps primitifs ait créé la nature.
» L'homme qui réfléchit en devra-t-il conclure
» Qu'il lui doit en tous lieux un culte et des autels !
» Que sommes-nous pour lui, misérables mortels !
» Sur un trône élevé que portent les nuages,
» Peut-il être jaloux de nos faibles hommages ?
» Ah ! des pauvres humains, à ses pieds confondus,
» Que lui font les forfaits ? que lui font les vertus ? »

« Mais, dit le solitaire, avec indifférence
» Un père t'aurait-il délaissé dès l'enfance !
» Et si tu lui survis, dis-moi, jusqu'à sa mort,
» Ne s'est-il donc jamais occupé de ton sort ?
» Mais, à t'en croire, un Dieu de ses bontés avare,
» N'aurait pour ses enfants que l'âme d'un barbare !
» Le crime impunément serait donc couronné,
» Et le juste au méchant toujours abandonné ?

» S'il en doit être ainsi, comment peut la justice
» De l'assassin lui-même ordonner le supplice ?
» Avec cette doctrine il n'est plus d'attentats ;
» Elle seule armera la main des scélérats ;
» Et l'État, sans soutien et privé d'harmonie,
» Périra sous les coups d'une aveugle anarchie.

» Allons plus loin, mon fils; de l'auteur de ses jours
» Si le pauvre ne peut attendre aucun secours,
» Quand son corps épuisé sous les glaces frissonne,
» Quand l'univers entier le fuit ou l'abandonne,
» Sur son esprit troublé la raison, sans pouvoir,
» Ne le saurait sauver du dernier désespoir.
» Mais, s'il peut vers le Ciel tourner ses espérances,
» Il sent diminuer le poids de ses souffrances;
» Et se trouvant plus calme au moment de la mort,
» Dans le sein de son Dieu le malheureux s'endort. »

« Eh bien, dit l'étranger, j'admets qu'un misérable
» En Dieu puisse trouver un appui secourable,
» Et que chacun de nous, sondant son propre cœur,
» Doive par un hommage honorer sa grandeur;
» Quelle en doit être enfin l'essence ou la nature?
» Qui nous éclairera dans cette route obscure?
» Dans la diversité de doctrine et de lois
» Qui pourra sûrement nous guider dans le choix?

» Le pieux musulman à Médine s'arrête,
» Et me presse avec lui d'honorer son prophète.
» Mais, honteux de ses lois, le Chrétien le proscrit,
» Et sur l'arbre sacré me montre, en Jésus-Christ,
» Un Sauveur généreux que l'univers adore.

» Après lui, cependant, le Juif aspire encore,
» Et dit que dans les temps, vainement attendu,
» A ses vœux les plus chers il ne s'est point rendu.

» Suivrai-je avec Luther la réforme nouvelle?

» Calvin va contester la présence réelle
» Que le premier admet au divin Sacrement.
» Et si je veux enfin sur quelque fondement
» Admettre leur système et croire un Dieu fait homme,
» Prendrai-je le parti de Genève ou de Rome?
» Pour se défendre, l'une a de fiers léopards;
» Sous l'empire des lys, l'autre a de bons remparts:
» Mais pourront-ils tenir et braver la puissance
» Des justes ennemis de son intolérance?
» De l'univers entier Rome aspire au tribut,
» A l'en croire loin d'elle il n'est point de salut.

» Eh quoi! dans tous les temps, ami de la justice,
» Et des autres vertus dans le noble exercice,
» J'aurais vu prolonger la trame de mes jours!
» A l'instant où la mort en finira le cours,
» Partageant les destins des âmes criminelles,
» Il me faudrait tomber et périr avec elles!
» A soutenir ses droits, Dieu même intéressé,
» N'a pu dicter un mot de ce dogme insensé.
» Du culte des mortels que fait la différence?
» Il en reçoit les vœux, s'il en voit l'innocence.»

Ici le solitaire attaquant l'argument
En démontra bientôt l'étrange fondement.

«Oui, reprit-il, ce Dieu que j'adore et que j'aime,
» Est un être parfait et la vérité même.
» Dans ses plans éternels, juste et sage à la fois,
» A l'homme sur la terre, en imposant des lois,

» Il n'a pu demander qu'un encens légitime.
» On ne peut donc jamais l'honorer par un crime.
» Si tout culte pourtant, lui plaît également,
» Au temple de Vénus, encore innocemment,
» Une vierge peut donc offrir, dans sa faiblesse,
» Un sacrifice infâme aux pieds de la déesse,
» Et dans le sein d'un fils qui repose au berceau,
» Le sauvage sans crainte enfoncer le couteau!
» Que son cœur en murmure ou dispute l'offrande,
» Il croit la lui devoir quand son Dieu la demande.
» Et l'Être souverain, lui qui, dans sa bonté,
» Au rang de nos devoirs a mis l'humanité,
» N'aurait pas en horreur un détestable hommage
» Qui blesse la raison et détruit son image?
» Quel monarque sensé prétendrait à la fois
» Que son peuple suivît et méprisât ses lois?
» Et la sagesse même, à ce point en délire,
» Dans ses décrets ainsi pourrait se contredire!
» Si pour elle en tout temps, Rome eut la vérité,
» Qui méprise sa route ou s'en est écarté,
» Ne pouvant de son port réclamer l'avantage,
» Loin d'elle ne saurait éviter le naufrage.
» Son malheur est affreux; mais à qui l'imputer?
» S'il eût suivi la voie, il pouvait l'éviter.
» Peut-on franchir l'abîme ouvert dans la carrière,
» Quand, au sein de la nuit, on marche sans lumière?

» Celle de l'Esprit Saint jusqu'au dernier des jours,
» Dieu même l'a promis, nous guidera toujours.
» Et quand d'un tel garant l'assistance est promise.

» Qui pourrait suspecter la foi de son Église ?
» Quel autre appui veux-tu dans le culte romain ?

» Prévenu contre lui, tu t'alarmes en vain
» De la juste rigueur de son intolérance.
» A-t-il, en aucun temps, laissé sans espérance
» L'étranger éloigné du flambeau de la foi ?
» Eh qui donc, en tous lieux, n'entend pas, dis-le-moi,
» Ce cri toujours perçant de la loi naturelle ?
» A ses commandemens s'il est resté fidèle,
» Il ne saurait périr. Le Dieu de l'Univers
» Suit d'un œil indulgent l'Africain aux déserts.
» Hélas ! dans ses arrêts, sans doute, il est terrible ;
» Mais, juste, il lui pardonne une erreur invincible.
» Ainsi le veut toujours sa divine bonté.
» Dans toute sa rigueur, oui, l'oracle est porté ;
» Mais loin de tout secours, l'idolâtre lui-même,
» S'il n'a pu le connaître, échappe à l'anathème. (1)

» Telle est notre doctrine : on ne peut le nier.
» En parler autrement, c'est nous calomnier.

» S'il est un culte faux, quelle haute imprudence
» D'adopter l'un ou l'autre avec indifférence.
» Avant d'en choisir un, si tu crains son poison,
» Dans le calme des sens consulte ta raison.
» La prudence le veut : écoute son langage.
» Il fut dans tous les temps la boussole du sage.
» Crois-tu qu'il te dira, par un zèle indiscret,
» D'abandonner le Christ pour suivre Mahomet ?

» Si ce dernier, cachant sa grossière origine,
» Nous eût, au moins, prouvé sa mission divine;
» Il eût, avec succès et sans témérité,
» Pu de son paradis prêcher la volupté.
» Mais lui-même énerva sa nouvelle croyance,
» Lui donnant pour appui le glaive et l'ignorance.

» Dieu jamais usa-t-il d'un semblable moyen,
» Quand il vint établir la foi du vrai Chrétien?

» Remonte, si tu veux, à sa source féconde,
» Tu la verras jaillir sous le berceau du monde.
» Quel novateur, ainsi, dans la sincérité,
» De son culte pourrait vanter l'antiquité?

» Avec le temps, jadis le nôtre a pris naissance,
» Et tout de son auteur a montré la puissance.
» Plein de ses vanités que le juif orgueilleux
» Ait méprisé son roi qui descendait des Cieux!
» Que toujours animé de folles espérances,
» Il ne l'ait point connu sous le poids des souffrances;
» De son aveuglement, ah! plaignons le malheur!
» Comment n'a-t-il pas vu cet homme de douleur, (2)
» Déjà depuis long-temps prédit par Isaïe,
» Et dont aussi David avait peint l'agonie?
» Judas ne régnait plus; et tombé de ses mains,
» Le sceptre étant remis en celles des Romains; (3)
» La naissance du Christ n'était plus incertaine.
» De Daniel alors la dernière semaine
» En offrait le prodige aux yeux de l'Univers.

» Si, vainqueur à la fois du monde et des enfers
» Il a montré sa gloire, au chrétien qui l'adore
» Israël aujourd'hui ne peut l'attendre encore.

» Mais suis-moi : la Tamise et la Seine autrefois
» Coulaient également sous les paisibles lois
» Des pieux successeurs du premier des Apôtres.
» Sous le même étendard alors avec les nôtres,
» Les prêtres anglicans, dans une sainte ardeur,
» De Rome soutenaient et les droits et l'honneur.
» Et dans ces temps heureux, Londre à sa voix soumise
» Par la foi la plus pure illustrait son église.
» Mais qui n'en gémirait? Hélas! de ces beaux jours
» L'orgueil et l'adultère ont arrêté le cours.
» De Rome méprisant l'autorité suprême ;
» Henri dans ses fureurs en brava l'anathème.
» Et le peuple inconstant, comme son Souverain,
» Marchant sous les drapeaux de Luther et Calvin,
» Dans son aveuglement embrassa la réforme. (4)

» Au poids de la raison pèse ce crime énorme.
» Et pour le bien juger, de ces deux novateurs
» Considère à loisir la conduite et les mœurs.
» L'un, outré de dépit, pour une préférence, (5)
» Par ce schisme éclatant assouvit sa vengeance.
» D'une Vierge, au mépris de serments solennels, (6)
» L'autre ose la ravir au culte des Autels ;
» Et foulant à ses pieds ses vœux et la morale
» D'un hymen sacrilége il offre le scandale.

» Tels sont les saints docteurs dont l'oracle divin
» Devait conduire au Ciel par un nouveau chemin.
» Tels sont les fondateurs de la sublime Eglise,
» Dont aujourd'hui le dogme en sectes la divise.

» Chez elle l'Évangile assez peu respecté,
» Au gré de tout Chrétien peut être interprêté.
» De l'esprit de Dieu même écartant la lumière,
» La sienne lui suffit : il croit à sa manière.
» Que la raison ou non lui prête son secours,
» Dans l'obscurité même il peut marcher toujours.
» Dans ses doutes en vain, l'Église universelle
» Offrirait un soutien ; il peut aller sans elle.
» Aussi le protestant, dans ses illusions,
» A peine peut compter ses variations.
» C'est ainsi qu'il bâtit sur un sol en ruine,
» Et passe, à tous les vents, de doctrine en doctrine.
» Dis, comment chacun d'eux dans sa secte entêté,
» Peut-il donc se vanter d'avoir la vérité ?
» Si pour la découvrir, leurs vœux étaient sincères,
» Bientôt ils reviendraient à la foi de leurs pères !

» De ces frères errans attendons le retour.
» Qui le sait ? Dieu peut-être en prépare le jour.
» Plus j'en vois, parmi nous, d'étrangers à la France,
» Plus, au fond de mon cœur, j'en goûte l'espérance.
» Puissent-ils, revenus d'une trop longue erreur,
» Ecouter avec nous la voix du vrai pasteur ?

» Je l'ai vu, ce Pontife, en un temps difficile,

» Soutenir dans Paris les droits de l'Évangile.
» Si l'orgueil d'un tyran l'y retint dans les fers,
» Nos soupirs l'ont vengé des maux qu'il a soufferts.
» Ses vertus l'élevant au-dessus de l'offense,
» Sur le roc immobile ont assis sa puissance.
» Respecte-la, mon fils, dans la soumission.

» Si tu veux échapper à la séduction,
» De tous ces novateurs saisis le caractère.
» En proclamant ses lois, armé du cimetère,
» Mahomet, tu l'as vu n'était qu'un imposteur,
» Le juif un insensé, dans son rêve enchanteur,
» Et Luther et Calvin à l'église infidèles,
» Dans son sein déchiré n'étaient que des rebelles,
» Dont la fausse doctrine eût péri mille fois,
» Si, torturant le sens et l'esprit de ses lois,
» Tous d'eux n'avaient des mœurs enhardi la licence,
» Et dans le sacrement de l'humble pénitence,
» Épargnant au coupable un aveu douloureux,
» Ne l'avaient affranchi de son joug rigoureux.

» Du Catholique ici, reconnais l'avantage;
» Rome seule triomphe, écoute son langage. »

De ce docte ministre attentif aux raisons,
L'étranger commençait à goûter les leçons,
Quand le devoir sacré du plus saint ministère
A le quitter soudain força le solitaire.

Déjà l'enfant de Mars cherchant la vérité

Vers elle, dès long-temps, se trouvait entraîné.
Mais un nuage épais la dérobait encore,
Et son œil inquiet n'en voyait que l'aurore.
Aussi le verrons-nous, intrépide soldat,
A ses nouveaux périls, revenir au combat.

CHANT IV.

L'ÉTUDE, de nos jours, distingue la jeunesse :
De ses adulateurs, si l'on croit à l'ivresse,
Le grand siècle d'Auguste en eût été jaloux,
Et le nôtre devrait tomber à ses genoux.
Peu touché de l'éclat d'un si nouveau prodige,
Il est plus d'un Français qui gémit et s'afflige
De la voir, étrangère aux plus doux sentimens,
De la société sapper les fondemens;
Et, dans l'enfantement de projets politiques,
Couvrir le monde entier de folles républiques.
D'entre elle le dernier de lui-même amoureux,
Souvent jetant sur nous un regard dédaigneux,
Croit, dans son fol orgueil, égaler ce grand homme
Dont l'heureux consulat fit le salut de Rome.
Hélas! suivant Voltaire ou Rousseau pas à pas,
Dans son aveuglement l'insensé ne voit pas
Que de ces novateurs, partageant le délire,
Et déplorable écho de Celse ou de Porphire, (1)
Il combat, sans pudeur d'austères vérités

Par de vains argumens, mille fois réfutés.
Eh ! qui donc aujourd'hui de la sainte Écriture
Au foyer paternel écoute la lecture,
Et sentant le besoin d'honorer nos vieux ans,
Se lève par respect, devant les cheveux blancs !

Mais imprudents censeurs, par un zèle sauvage,
N'allons pas sans retour condamner le bel âge :
Par la séduction plus d'un cœur attiré,
A gémi de l'erreur qui l'avait égaré.
De la vertu mourante une seule étincelle
Peut l'embrâser encore d'une ardeur éternelle.
De nos jours on en vit plus d'un exemple heureux,
Qui nous a consolés dans ces temps douloureux.
D'en revoir un nouveau sur le mont du calvaire
L'espérance luisait au cœur du solitaire,
Qui, voulant l'éclairer sur son pressant danger,
S'était déjà rendu près du jeune étranger.

Celui-ci, reprenant ce qu'il venait d'entendre,
« Mon père, à vos conseils j'aimerais à me rendre,
» Dit-il, à son retour, si je voyais enfin
» Dans le culte de Rome un ouvrage divin.
» Si j'en crois vos discours, c'est Dieu qui vous éclaire.
» Mais qui vous révéla ses lois et sa lumière ?
» Pour annoncer l'éclat de sa divinité,
» Comment à vos regards s'est-il manifesté ? »

» Comment ? dit le saint prêtre, écoute ses oracles,
» Et pèse la vertu de ses nombreux miracles.

» Des écrivains sacrés la modeste candeur
» De son sublime ouvrage a décélé l'auteur.
» Qui n'en reconnaît point la puissance adorable,
» Pourrait-il concevoir leur accord admirable?
» Vois ces faits éclatans, qui dans l'un sont prédits!
» A la lettre dans l'autre on les trouve accomplis.
» Quelle main imprudente aurait pu les écrire!
» Quel œil audacieux eût osé, pour les lire,
» Des siècles à venir percer l'obscurité?
» Quel autre que celui qui de la vérité
» Sera dans tous les temps la source aimable et pure;
» Oui, quel autre qu'un Dieu, maître de la nature,
» En pouvait arrêter ou suspendre les lois?
» Dans la nuit des tombeaux fais entendre ta voix;
» A l'aveugle étonné donne ou rends la lumière;
» Du soleil, si tu peux, va borner la carrière:
» Dans ses plaines d'azur attente à son repos;
» De l'Océan qui gronde, entends mugir les flots,
» Et vois si tu pourras, éloigné des rivages,
» En dompter la colère au milieu des orages.

» Ces objets merveilleux, à nos yeux inconnus,
» Autrefois, diras-tu, quels témoins les ont vus?
» Les plus dignes de foi, les plus dignes d'envie.
» Des hommes généreux qui, méprisant la vie,
» N'ont pu la conserver par une lâcheté,
» Et qui, pour soutenir la simple vérité,
» Et proclamer d'un Dieu les merveilles sublimes,
» Ont été des bourreaux les augustes victimes.

» Dis-moi, pour attester un fait vague, incertain,
» Qui jamais eût osé, dans son zèle inhumain,
» De ses biens les plus doux faire le sacrifice,
» Et se livrer sans crainte aux horreurs d'un supplice?
» La nature est timide et frémit au danger :
» Croyons-en des témoins qui se font égorger.
» Et ne dis pas, mon fils, que la seule ignorance
» En leur âme avait mis une vaine espérance.
» Ce serait t'abuser : pour éviter l'erreur
» Considère les temps du vrai Libérateur.

» Depuis cet heureux jour, où de sa main féconde,
» Dieu du sombre cahos avait tiré le monde,
» Des longs siècles déjà le flux et le reflux
» Offraient mille printemps quatre fois révolus.
» Sésostris en Egypte avait montré sa gloire.
» De Cyrus, d'Alexandre on vantait la mémoire,
» Et de Jérusalem, au sein de ses grandeurs,
» David et Salomon éclairaient les docteurs.
» Athènes, des beaux arts l'école si chérie,
» Avait, sous Périclès, vu briller Aspasie, (2)
» En dépit du portique, aux genoux de Platon,
» De Socrate elle avait dévoré la leçon.

» Mais laissons, et l'Egypte, et l'Asie et la Grèce;
» Et vois du monde entier l'orgueilleuse maîtresse;
» Oui, vois l'antique Rome et ses brillans destins.
» De l'éloquence ici le sceptre est dans ses mains :
» Là, de ses fictions tout un peuple idolâtre,
» Pour applaudir Térence assiège son théâtre, (3)

» Revois-la même encore, après tous ses revers,
» Sous le joug de ses lois enchaîner l'univers.
» Dis quel siècle jamais, si tu veux être juste,
» Quel siècle eut plus d'éclat que le siècle d'Auguste !

» Mais quittons Rome, Athène; et suis-moi maintenant.
» Aux rives du Jourdain, vois un homme étonnant,
» Qui du monde surpris médite la conquête.
» Sans asile, il ne sait où reposer sa tête.
» Il est trahi, battu, d'épines couronné;
» Et c'est dans les tourments qu'il meurt abandonné.
» Admire ici, mon fils; là, sa gloire commence.
» Il enchaîne la mort, et sa seule puissance
» Proclame ses vertus et sa divinité.
» Des plus sombres tyrans en vain la cruauté
» De ses adorateurs veut glacer le courage;
» Vaincus et terrassés, Rome et l'Aréopage, (4)
» De ce maître puissant reconnaissent la voix.
» Du pôle à l'équateur, tout fléchit sous ses lois.

» O! sans doute, mon fils, au milieu des alarmes,
» On peut tout renverser par la force des armes.
» Sur des cœurs disposés, que l'art sait émouvoir,
» Le charme des talens peut montrer son pouvoir.
» Mais, pour fonder des lois qui vont tout contredire,
» Vois ceux qu'il établit au sein de son empire.
» Des disciples grossiers, de lettres dépourvus,
» Nourris dans la misère, à la terre inconnus,
» Sont les nobles soutiens de sa grandeur future.
» En vain l'orgueil pâlit, et l'enfer en murmure;

» Les peuples et les rois, à ses pieds abattus,
» Admirent son pouvoir et chantent ses vertus.

» Oh! quand du Juif ingrat le front pâle et livide
» Ne m'annoncerait point un peuple déicide;
» Lors même qu'au mépris d'un décret éternel,
» J'en verrais relever et le temple et l'autel,
» Aurais-je moins du Christ adoré la puissance!
» Sans force, sans appui, sans art, sans éloquence,
» Achever son triomphe, et pour y parvenir,
» Employer le moyen qui doit l'anéantir,
» C'est l'ouvrage d'un roi qui se rit des obstacles,
» Le chef-d'œuvre d'un Dieu, le plus grand des miracles.
» Dis, quel culte jamais égalera le sien?
» Et vois si, pour changer et devenir Chrétien,
» Il faut, marchant toujours dans une route obscure,
» D'une raison sévère étouffer le murmure.
» Il n'est d'un culte faux que l'adroit zélateur
» Qui puisse de la nuit aimer la profondeur.
» C'est par elle aisément que l'erreur se prolonge,
» Et laisse accréditer les fables du mensonge.
» Pour le nôtre, mon fils, je le dis sans détour,
» Rien ne lui convient mieux que l'éclat d'un bon jour.
» Jamais de l'avilir eût-on eu l'espérance,
» Si la main de l'orgueil n'eût armé l'ignorance?

» Il a, j'en conviendrai, des mystères sacrés,
» Qui jamais des humains ne seront pénétrés.
» Mais d'un être borné, l'impuissante faiblesse
» Peut-elle du Très-Haut atteindre la sagesse?

» La nature, elle seule, a pour nous des secrets.
» Son voile la dérobe à nos yeux indiscrets.
» Et quel est l'insensé qui, s'ignorant soi-même,
» Veut égaler de Dieu la puissance suprême!

» Prends garde qu'en ses mains notre entier abandon
» Ne contredit en rien notre faible raison.
» En maître souverain, il peut avec justice
» En réclamer de nous le noble sacrifice.
» Homme vain et superbe, ose lever les yeux
» Vers le trône éclatant du roi même des Cieux.
» Voudrais-tu, malheureuse et faible créature,
» Limiter, dans ses droits, l'auteur de la nature?
» Ne laisse pas sa main sur toi s'appesantir.
» D'un souffle de sa bouche il peut t'anéantir.

» Mais de ce Dieu puissant autant que magnanime,
» Vois combien, ô mon fils, la morale est sublime.
» Sous le poids d'un fardeau qui connaît sa vertu,
» Relève, en soupirant, l'animal abattu. (5)
» S'il trouve un nid caché sous la feuille légère,
» Il garde les petits, mais laisse aller la mère. (6)
» De l'hymen, trop long-temps, les époux égarés
» Ressèrent, à sa voix, les nœuds doux et sacrés.
» L'usure dévorante en ces routes obliques,
» Rougit de s'engraisser des misères publiques.
» Le crime vainement armerait l'assassin.
» Le remords qu'elle appelle arrêtera sa main.
» Oui, mon fils, oui partout où s'étend son empire,
» L'amour unit les cœurs et le faible respire.

» De la société c'est le plus fort lien.
» L'État est en repos, quand le peuple est Chrétien.
» Il se fait un devoir de son obéissance,
» Et de Dieu, dans ses rois, retrouve la puissance.

» Si dans l'État en paix, elle est vraiment un bien,
» En des jours orageux elle en fait le soutien.
» Ah! malheur à celui qui, semblable au sauvage,
» Et qui, n'écoutant rien que son bouillant courage,
» Des États, par la guerre, aime à briser les nœuds.
» Son véritable but est de les rendre heureux,
» Et le soldat du sien n'est que le bras fidèle
» Qui combat pour sa gloire et venge sa querelle.
» De la Religion s'il méconnaît la voix;
» Devant lui se tairont la justice et les lois.
» L'opprimé vainement fera couler ses larmes;
» Le droit sera celui qu'établiront les armes.
» A ce trait on ne peut connaître un vrai Français,
» Disciple né d'un Dieu de clémence et de paix.

» Garde-toi de penser, quand son amour l'enflamme,
» Qu'un seul instant jamais il énerve son âme.
» Son ardeur, au contraire, en double le ressort,
» Et lui fait tout braver, à l'aspect de la mort.
» Par devoir, en tout temps, surmontant la nature,
» Il meurt sous ses drapeaux, sans plainte et sans murmure.

» Ouvre, si tu le veux, les annales du temps.
» Considère celui dont le bras triomphant
» Du fier Antiochus brava l'orgueil superbe.

» Et releva le temple enseveli sous l'herbe?
» Illustre Machabée, au nom de tes exploits,
» La Syrie, à genoux, tremble encor pour ses rois.
» Quand sur les bords du Tybre, arboré dans la plaine,
» Le signe du Sauveur orna l'aigle romaine,
» A-t-on vu Constantin montrer moins de valeur?
» Dis-moi : n'est-ce pas lui qui, marchant en vainqueur,
» Mit les Goths sous le joug, écrasa le Sarmathe
» Et fit craindre aux Persans un nouveau Mithridate?
» Quand de Clotilde enfin, le trop heureux époux
» Adorant les décrets d'un Dieu fort et jaloux,
» Eut au ministre saint demandé le baptême,
» En fut-il moins l'honneur de la France elle-même?
» Qui sut mieux que Clovis, le glaive dans les mains,
» Ou braver ou punir la fierté des Romains?
» Quel prince a mieux fondé la gloire de la France?
» De briser nos autels, va! qui dans sa démence
» A conçu le désir et l'a manifesté,
» Est le fléau des rois et de l'humanité!

» De la religion si l'influence est telle,
» Pourquoi, me diras-tu, plus d'un peuple fidèle,
» Dans le sang, en son nom, a-t-il plongé son bras?
» C'est que dans l'ignorance il ne la suivait pas;
» Qu'il cédait aux transports d'un zèle fanatique,
» Allumé par la fourbe ou par la politique;
» C'est que l'intérêt seul en cachant ses desseins,
» En corrompait le cœur, en dirigeait les mains.
» D'un esprit trop crédule aisément on abuse,
» Et des crimes d'autrui, c'est ainsi qu'on l'accuse.

» Frappé de son éclat et de sa vérité,
» Vainement tu croiras à sa divinité,
» Si pour son digne auteur, une humble obéissance
» Ne rend un pur hommage à sa toute-puissance.
» Ah! sans doute, il est bon; mais jaloux de ses droits,
» Il veut que sur la terre on respecte ses loix :
» Et malheur à l'ingrat qui s'y montrant rebelle,
» Affecta le mépris de la gloire éternelle.
» Dans les sombres enfers, enchaîné désormais,
» Ses peines, ô mon fils, n'y finiront jamais.
» Qui pourrait mettre un terme à l'horreur du supplice!
» Il n'est plus de clémence au temps de la justice.
» Et qui fut criminel jusqu'au dernier soupir,
» Dans la haine de Dieu restant sans repentir,
» N'en saurait désarmer la majesté blessée.

» Sur ses maux inouïs, arrête ta pensée.
» Ose, si tu le peux, sans sécher de terreur,
» De cette éternité sonder la profondeur!
» Ajoute au temps passé des millions d'années
» Dans un cercle nouveau l'une à l'autre enchaînées;
» A leur terme arrivé, comme au premier des jours,
» Tu verras ses tourmens recommencer toujours.
» Sur cette mer terrible où la mort nous engage,
» Il faut désespérer d'aborder au rivage.
» Faut-il donc s'étonner si fuyant l'univers,
» Tant de saints effrayés ont peuplé les déserts!

» Que l'impie insolent, endurci dans le crime,
» Le bandeau sur les yeux, folâtre sur l'abîme.

» Sur ses bords avec lui ne vas pas t'endormir ;
» Sa main peut t'y plonger et non t'en garantir.
» Laisse-le contester l'éclat de nos miracles :
» Ne vas pas, sur la foi de si frêles oracles,
» Du Roi même des Rois insultant aux décrets,
» Compromettre au hasard de si grands intérêts !

» Des États désolés interrogeant la cendre,
» Du charme des grandeurs, apprends à te défendre :
» La vie est un éclair et souvent un fardeau.
» Nous n'existons jamais qu'au-delà du tombeau.
» Et qu'importe ici bas, d'heureuses destinées?
» Tout dans cet univers, fuit avec les années.
» Sonde l'abîme affreux des siècles révolus ;
» Ninive a succombé, Babylone n'est plus :
» Et Rome et ses grandeurs, et la Perse et ses Mages,
» N'ont laissé que leur nom sur l'océan des âges.
» A ses futilités laisse un monde enchanteur
» Qui cherche à te séduire, et n'est qu'un imposteur.
» Tu connaîtras un jour ses longues injustices.
» Quel homme vraiment grand tient compte des services?
» Au milieu du danger qui menace ses jours,
» Avec empressement il appelle au secours.
» Si l'ombre d'un succès nourrit son espérance,
» Il élève un autel à la reconnaissance.
» Mais, à peine, mon fils, le péril est passé ;
» L'ingratitude arrive : et l'autel est brisé.
» Heureux, trois fois heureux ! qui loin de sa présence
» Ne lui peut reprocher que son indifférence !

» De son salut hélas! le plus ardent moteur
» Dans l'obligé souvent trouve un persécuteur!

» Du service de Dieu, connais la différence;
» Au pauvre un verre d'eau trouve sa récompense :
» Ah! lui seul, oui, lui seul, mérite ton amour!
» Dans ses bras généreux, jète-toi sans retour.
» Il te fera connaître une route nouvelle
» Qui conduit au séjour de la paix éternelle.

» Pour te donner le goût de sa félicité,
» Dans ma bouche Dieu même a mis la vérité.
» Laissant tes préjugés, écoute son langage.
» Dès aujourd'hui, mon fils, te montrant juste et sage,
» De la fidélité reprends les sentimens,
» Et de ton vrai bonheur jète les fondemens. »

« Ah! lui dit l'étranger, tant de raison m'éclaire,
» Vous avez de mon cœur dévoilé le mystère.
» Achevez votre ouvrage et daignez aujourd'hui,
» Ministre d'un Dieu saint, me ramener à lui.

» Je suis bien jeune encor : mais puisqu'il faut le dire;
» Des sophistes du temps partageant le délire,
» J'ai passé mes beaux jours dans l'irréligion;
» Et livrant l'évangile à la dérision,
» J'ai suivi le torrent d'une aveugle jeunesse;
» Avec elle entraîné, dans une longue ivresse,
» Contre l'œuvre de Dieu, follement irrité,
» J'ai dans le temple saint bravé sa majesté.

» Hélas! envers le ciel la grandeur de l'offense
» Peut-elle du pardon me laisser l'espérance? »

« Pour désarmer un Dieu justement courroucé,
» Une larme suffit et tout est effacé,
» Reprit, en l'embrassant, le saint Missionnaire.

» Viens avec moi, mon fils, et montons au calvaire.
» Qu'aux pieds de Jésus-Christ éclate ta douleur!
» Dans tous les temps pour nous il est ce bon pasteur
» Qui ramène au bercail la brebis égarée;
» Il n'a point repoussé l'adultère éplorée,
» Dès qu'il trouva son cœur ouvert au repentir.
» C'est ce père indulgent toujours prêt à sortir
» Au-devant de ce fils et prodigue et rebelle,
» Qui n'ose regarder la maison paternelle.
» Dans son sang généreux, expirant sur la croix,
» Il a lavé ton crime et rétabli tes droits. »

A ces mots, revenu de ses justes alarmes,
Et de la paix du cœur goûtant déjà les charmes,
Le jeune converti détestant ses erreurs,
Près de l'arbre sacré l'arrosa de ses pleurs.
Pénétré du regret de sa faute mortelle,
Il promit à son Dieu de lui rester fidèle;
Et trouvant en lui seul son bonheur et son bien,
Il s'honore aujourd'hui du nom de vrai chrétien.

De la religion dont le flambeau m'éclaire,
J'ai chanté, dans ses vers, le triomphe au calvaire.

De ma route première un moment écarté,
Je reviens sur mes pas : et l'esprit enchanté,
Sur Paris je dirai ses conquêtes nouvelles,
Et la fin de ma course offrira les plus belles.

CHANT V.

Si Paris trop distrait, oubliant sa patronne,
A dédaigné les fleurs qui parent sa couronne;
Par un culte public et des vœux solemnels,
S'il a cessé long-temps d'honorer ses autels;
De nos jours averti par la reconnaissance
Et des Rois secondé par la munificence,
Il a pour elle ouvert, au sein de ses remparts,
Un monument pompeux, le chef d'œuvre des arts.
Sans ornement encor, sa noble architecture
En a jusqu'à ce jour fait la seule parure.
Et si de quelque éclat nos yeux y sont frappés,
On ne le doit qu'aux dons sur l'autel apportés.

Au temps de nos erreurs, aveugles que nous sommes!
Nos mains y déposaient la cendre de ces hommes
Dont l'abus de l'esprit et les vices du cœur
Etaient le frêle appui de leur vaine grandeur.

Sous un Prince chrétien enfin la capitale,
Respectant le lieu saint, n'offre plus ce scandale.
Et d'un œil attentif en parcourant ses murs

Nous ne rougirons plus de ces restes impurs.
De nos scrupules vains que leur ombre gémisse ;
Que leurs adorateurs nous taxent d'injustices!
Et qu'importe? celui dont le but criminel
Etait de renverser et de briser l'autel,
Eût-il un droit d'azile au pied du sanctuaire?

Qu'arrosant de ses pleurs son urne funéraire,
Le déiste ou l'athée, insensible à nos maux,
Transforme ses jardins en un champ du repos ;
Et que d'Ermenonville écartant le bocage
Il y place, s'il veut, un double sarcophage,
Où dormiront en paix et Voltaire et Rousseau,
Je n'irai point troubler leurs mânes au tombeau.

Quel droit a le premier à nos justes hommages?
De ses productions presque toutes les pages,
Outrageant la pudeur comme la vérité,
Renferment une offense à la divinité.
Eh! qui jamais pourra, s'il croit à l'évangile,
Honorer d'un soupir l'étrange auteur d'Emile (1).
Oh! des pauvres humains fatal aveuglement!
Pour nos livres sacrés combattant noblement,
Il avait, dans l'ardeur d'une juste défense,
Epuisé les trésors de sa riche éloquence ;
Et c'est lui qui s'armant d'un paradoxe vain,
Au doute qui s'égare ouvre un large chemin!
C'est ainsi que changeant de style et de langage,
Il élève à la fois et brise son ouvrage.

Aujourd'hui tout l'éclat de ses plus beaux écrits

Ne saurait éblouir que de légers esprits.
De l'église en courroux s'il brava l'anathême
Depuis long-temps déjà, refuté par lui-même (2),
Contre ses argumens, en armant la raison,
De sa propre doctrine il montrait le poison.

Qui de la rétablir a conçu l'espérance,
Depuis qu'un orateur dont s'honore la France,
Le pressant vivement dans ses honteux détours,
L'a cent fois terrassé par ses nobles discours?

Rendez-en aujourd'hui fidèle témoignage,
O vous! qui couronnés des roses du bel âge,
Avez dans saint Sulpice, en face des autels,
Vu peser ses écrits prétendus immortels.
Ennemis déclarés de sa philosophie,
Honorons à jamais l'heureux et beau génie
Qui, pour nous garantir de son illusion,
Prêta sa noble voix à la religion!

Mais sous un Prince juste, ami de l'éloquence,
Son zèle ne pouvait rester sans récompense.
A ses premiers honneurs dont s'applaudit l'Etat,
Il réunit bientôt ceux de l'épiscopat.
Nouvel appui du trône au sein de la Pairie,
Il fera triompher l'église et la patrie,

Au gré de leurs désirs si nous marchons enfin,
C'est lui qui, le premier, a frayé le chemin,
Qui du dernier reptile en écrasant la tête,
A de la mission préparé la conquête.

Ô vertueux Rosan ! vos travaux inouïs,
L'ardeur de votre amour en ont mûri les fruits.

Au temple, à votre voix nous prévenons l'aurore.
Le jour à son déclin nous y retrouve encore.
Oui ! grâce à vos efforts, tout est changé pour nous.

Dans le temple sacré tout Paris à genoux,
Plein d'un vrai repentir a reconnu son crime.
Encore épouvanté, quoique loin de l'abîme,
Il offre à l'éternel le tribut de ses pleurs,
Et demande, à grands cris, la fin de ses malheurs.

Des combats loin de lui repoussant le théâtre,
Aujourd'hui de son Roi tout un peuple idolâtre,
Célèbre sa clémence et chante son retour.
Dans les nobles transports de son brûlant amour,
Daignez, dit-il à Dieu, protéger et défendre
Ce fruit d'un triste hymen hélas ! encor si tendre,
Cet enfant précieux qui, malgré les démons,
Promet d'éterniser le règne des Bourbons.

Ah ! qu'il vive à jamais le fils de Caroline !
C'est le prix des vertus d'une auguste héroïne !
Pour nos félicités, Dieu saint et généreux,
Oui, vous l'accorderez à l'ardeur de nos vœux !

Aujourd'hui revenu de son erreur funeste,
Soumis au frein des lois, ce peuple la déteste.
On ne le verra plus dans ses égaremens,
Rompant avec éclat de saints engagemens,

Afficher, sans pudeur, un coupable adultère.
La fille en imitant les vertus de sa mère,
Près d'elle goûtera le souverain bonheur.
Si le pauvre souffrant gémit dans le malheur,
Bientôt l'humanité d'une main généreuse,
Tarira de ses maux la source douloureuse.
De l'honneur outragé foulant aux pieds les droits,
Le guerrier généreux, d'accord avec les lois,
Du sang d'un ennemi devenu plus avare,
Rougira d'imiter les fureurs d'un barbare.

Sainte Religion, voilà donc tes forfaits?
Tu rassures le trône et nous donnes la paix.
Aux décrets du Très-Haut en nous rendant fidèles,
C'est peu de nous ouvrir les portes éternelles,
Par toi, seule, ici bas, nous devenons heureux.

Des peuples abusés séducteurs dangereux,
Ah! faut-il s'étonner, si dans un plein délire,
Du roi même des rois vous déchirez l'empire;
Si ses vrais défenseurs sont par vous abhorrés;
Si de nos jours encor de leur sang altérés,
Dans leurs rangs généreux vous cherchez des victimes!
En dictant nos devoirs, ils proclament vos crimes.
Pour en goûter les fruits avec sécurité,
Vous niez un vengeur et son éternité.

Zélateurs imprudens d'une horrible doctrine,
Qui de tous les états prépare la ruine,
Fuyez loin de nos murs, et laissez-nous en paix

Du Dieu qui nous créa, célébrer les bienfaits.
Déchirés en lambeaux, vos ouvrages cyniques
Ne l'emporteront plus sur nos divins cantiques.
Et malgré la fureur de vos méchans complots,
Dans nos temples divins, accourus à grands flots,
Les peuples désormais, et sans honte et sans crainte,
Se nourriront des dons qu'offre la table sainte.

Vierge dont à Nanterre on plaça le berceau,
Ah! vous fûtes témoin d'un spectacle si beau,
Quand de Paris naguère une main protectrice,
Ouvrit en votre honneur le plus bel édifice.
L'encens sur vos autels fumant de toutes parts,
Sur nous du haut des cieux attira vos regards!
Et reportant à Dieu nos vœux et notre hommage,
Vous pûtes à loisir contempler votre ouvrage,
Puisqu'aux lois du Seigneur si Paris s'est rendu,
Sans doute, c'est à vous que le triomphe est dû.

O! jours dont le récit embellira l'histoire,
Où la Religion enchaînant la victoire,
A promis à la France un si doux avenir,
Que vous serez long-temps chers à mon souvenir!

Pour nous Jérusalem avait ouvert ses portes.
Des anges, à travers les brillantes cohortes,
On croyait déjà voir cet adorable agneau
Qui, d'un jour éternel allumant le flambeau,
Doit combler les élus de ses dons magnifiques.
Et l'oreille abusée au doux chant des cantiques,

De la sainte cité crut entendre la voix
Célébrer la grandeur du souverain des rois.

De nos spectacles vains, aujourd'hui la merveille,
Frapperait-elle encor mes yeux et mon oreille!
Qui pourrait y trouver un charme séducteur,
Quand de ces jours heureux on a vu la splendeur?

Au temple des plaisirs la voix de ses prêtresses,
Nous jète dans le trouble ou nourrit nos faiblesses.
Mais du saint roi prophète attentifs aux leçons,
Et de sa douce lyre attendris par les sons,
D'un vif et pur amour nous sentons que la flamme,
Vers le séjour céleste élève, en paix, notre âme,
Et qu'ici-bas jamais on ne trouvera rien
Qui puisse contenter le cœur d'un vrai Chrétien.

O! Monde, c'en est fait j'abjure ta folie.
Qui peut suivre tes pas, sur le soir de la vie?
Je veux, pressant les miens vers des sentiers plus sûrs,
Assurer le bonheur de mes destins futurs.

En repassant ces temps, pour moi si pleins d'orages,
Oui, j'irai du désert assiéger les ombrages.
Désolé de m'y voir si vide de vertus,
J'y gémirai, du moins, des jours que j'ai perdus.

O! de la mission vous qui faites la gloire,
Et dont Paris long-temps chérira la mémoire,
Prêtres de l'Éternel, si j'ai pu dans ces vers
Célébrer dignement vos triomphes divers,
Exaucez en ce jour mon unique prière.

Quand des heures pour moi sonnera la dernière,
Qu'aux portes du tombeau le flambeau du trépas
Éclairera le jour du dernier des combats,
Implorez avec moi cette auguste Marie,
Dont la fécondité nous a donné la vie.
Pour moi, dans ces instans toujours si dangereux,
De l'Église implorez les secours généreux.
Que sur vos saints autels le divin sacrifice
D'un Dieu trop outragé désarme la justice!
Donnez-moi de vos mains le pain du voyageur.
Sur mes lèvres posez la croix de mon Sauveur.
Que le prix infini de sa longue souffrance
Dans mon cœur défaillant ranime l'espérance!
C'est alors qu'affranchi des terreurs de la mort,
Du salut, en Chrétien, j'entrerai dans le port.

Jusques-là, de Paris sainte et digne patronne,
Que ton esprit toujours me guide et m'environne!
Des faux biens de la terre efface les attraits,
Et de Dieu dans mon cœur viens établir la paix!

Mais toi, le digne objet de mes justes louanges
Qu'avec ravissement contemplent tous les anges,
Du sein de tes grandeurs, Reine auguste des cieux,
Sur les miens et sur moi daigne jeter les yeux.

Si, dès mes jeunes ans, je t'appelai ma mère,
Si tu m'offris dès-lors une main tutélaire,
Au moment où pâlit le flambeau de mes jours,
Pourrais-je vainement implorer ton secours?

Mais si tu veux hélas ! que j'aime encor la vie,
De tes nobles faveurs honore ma patrie.
Prolonge les destins du meilleur de ses Rois.
Si, pour te rendre hommage, en élevant la voix,
Et pour mieux rassurer les fondemens du trône,
Il a mis à tes pieds le sceptre et la couronne ;
Si, comme tes enfans consacrés à l'autel,
Nous te fûmes donnés par un vœu solennel ; (3)
Redresse enfin nos lis, courbés par tant d'orages.
Fais en durer l'éclat jusqu'au dernier des âges.
Et rompant les desseins d'imprudens ennemis,
Accorde un doux triomphe au fils de Saint-Louis.

De ce tronc généreux dont les rameaux antiques
Ont donné tant de fleurs et de fruits magnifiques,
Si nous pouvons sauver les derniers rejetons,
L'un, par une alliance agréable aux Bourbons,
De la paix, au-dehors, deviendra l'heureux gage,
Lorsque l'autre aux Français prêtera son ombrage.

FIN.

CANTIQUE[1]

EN ACTION DE GRACE DU TRIOMPHE DE NOS ARMÉES EN ESPAGNE.

Air : *Venez, Français, le Dieu dont la puissance*, etc.
Au n.° 57 du Recueil des Cantiques à l'usage de la Mission.

Depuis long-temps réduite à l'esclavage,
L'Espagne en pleurs gémissait dans l'effroi.
De nos guerriers l'invincible courage
Sous nos drapeaux a ramené son roi.

Douce victoire !
O Dieu Sauveur !
A toi la gloire
De l'illustre vainqueur.

Tous les échos, du couchant à l'aurore,
De ce grand Prince ont redit les malheurs.

(1) Ce Cantique a été chanté pour la première fois dans l'église de Ste.-Geneviève de Paris, le 12 du mois d'octobre 1823, en mémoire de la délivrance du roi d'Espagne, opérée par la valeur des troupes françaises, sous le commandement de S. A. R. Monseigneur le Duc d'Angoulême

Mais aujourd'hui, s'ils en parlent encore,
C'est pour louer ses nobles défenseurs.

Douce victoire!
O Dieu Sauveur!
A toi la gloire
De l'illustre vainqueur.

Des ennemis, restés sans espérance,
On ne voit plus flotter les étendards;
De leurs cités un digne Fils de France
A foudroyé les coupables remparts.

Douce victoire!
O Dieu Sauveur!
A toi la gloire
De l'illustre vainqueur.

Suivant les bords de la Seine ou du Tage,
Qui pour jamais ont confondu leurs eaux,
Grâce aux Bourbons, sans choix du pâturage,
L'heureux pasteur conduira ses troupeaux.

Douce victoire!
O Dieu Sauveur!
A toi la gloire
De l'illustre vainqueur.

Noble soutien de l'autel et du trône,
Oui, ta valeur en a sauvé les droits,

De tes lauriers, nous tressons la couronne,
Mais pour l'offrir au Souverain des Rois.

Douce victoire!
O Dieu Sauveur!
A toi la gloire
De l'illustre vainqueur.

Ne vantons plus les travaux d'Alexandre,
Son bras vainqueur enchaîna l'univers:
Ami des rois, toi, tu cours les défendre,
Et des captifs ta main brise les fers.

Douce victoire!
O Dieu Sauveur!
A toi la gloire
De l'illustre vainqueur.

Que tes dangers nous ont causé d'alarmes!
Combien l'Europe a tremblé pour tes jours!
Mais l'Éternel, en protégeant tes armes,
De tes beaux ans a ménagé le cours.

Douce victoire!
O Dieu Sauveur!
A toi la gloire
De l'illustre vainqueur.

Heureuse enfin, l'orpheline du temple
De nos combats ne craint plus les fureurs;

Par ses bienfaits, en suivant ton exemple,
Elle triomphe et soumet tous les cœurs.

Douce victoire !
O Dieu Sauveur !
A toi la gloire
De l'illustre vainqueur.

Dans ses transports, la voix de la patrie
T'a proclamé l'heureux libérateur.
Par toi des Lis la tige refleurie
Aux vrais Français promet un long bonheur.

Douce victoire !
O Dieu Sauveur !
A toi la gloire
De l'illustre vainqueur.

Environné de tes nobles phalanges,
Presse tes pas ; viens avec ces héros,
Sur les autels du Roi même des Anges,
Viens déposer tes glorieux drapeaux.

Douce victoire !
O Dieu Sauveur !
A toi la gloire
De l'illustre vainqueur.

Vaillant Bourbon, modèle heureux du sage,
Qu'enfin le Ciel à nos vœux a rendu,

En ce beau jour, reçois ici l'hommage
Que tout Français devait à ta vertu !

Douce victoire !
O Dieu Sauveur !
A toi la gloire
De l'illustre vainqueur.

Sois à jamais la terreur du rebelle ;
Fais triompher les armes de la Foi !
Et sur tes pas que le soldat fidèle
Serve son Prince, et l'aime comme toi.

Douce victoire !
O Dieu Sauveur !
A toi la gloire
De l'illustre vainqueur.

Si tout-à-coup, à l'abri de l'orage,
A refleuri l'Olivier de la paix,
C'est de Louis, c'est l'immortel ouvrage,
D'où dépendait le repos des Français.

Douce victoire !
O Dieu Sauveur !
A toi la gloire
De l'illustre vainqueur.

Du Souverain l'admirable sagesse,
A son vrai rang a replacé l'État.

De ses vengeurs la royale noblesse
Au nom français a rendu son éclat.

Douce victoire!
O Dieu Sauveur!
A toi la gloire
De l'illustre vainqueur.

Dieu de bonté, dont la douce clémence
Dans tous les temps fut la première loi,
A tes genoux vois aujourd'hui la France
Te demander le salut de son Roi.
A ce bon père,
Digne d'amour,
Que tout prospère
Jusqu'à son dernier jour!

Et toi, l'amour, les délices du Tage,
De ton sauveur viens contempler les traits;
Et dans ses bras, après un long orage,
Viens savourer les doux fruits de la paix.

Dans l'espérance
D'un si beau jour,
Toute la France
T'offre un tribut d'amour.

CANTIQUE

POUR LA FÊTE DE SAINT JOSEPH.

AIR : *Perçant les voiles de l'aurore*,
ou *du Serment des Français*.

GRAND saint, dont la douce mémoire
Nous rassemble au pied des autels,
Aujourd'hui, du sein de ta gloire,
Jette un tendre regard sur de faibles mortels.

Chaste époux de l'humble Marie, (*bis.*)
Vers Dieu protège mon retour :
Par toi, qu'au terme de la vie,
J'arrive enfin au céleste séjour! (*bis.*)

L'éclat d'une illustre origine
N'a point enorgueilli ton cœur :
Plein de la majesté divine,
Tu n'as rien vu de grand qu'en ton Dieu, ton Sauveur.

Chaste époux de l'humble Marie, (*bis.*)
Vers Dieu protège mon retour :
Par toi, qu'au terme de la vie,
J'arrive enfin au céleste séjour ! (*bis.*)

Toujours fidèle à la patrie,
Tu sus obéir à ses lois ;
Ta richesse fut l'industrie,
Quoique, au sein d'Israël, issu du sang des rois.

Chaste époux de l'humble Marie, (*bis.*)
Vers Dieu protège mon retour :
Par toi, qu'au terme de la vie,
J'arrive enfin au céleste séjour ! (*bis.*)

Enfin instruit du grand mystère
Qui te donnait un Rédempteur,
De la Vierge, sa tendre mère,
Tu devins le soutien et le consolateur.

Chaste époux de l'humble Marie, (*bis.*)
Vers Dieu protège mon retour :
Par toi, qu'au terme de la vie,
J'arrive enfin au céleste séjour ! (*bis*).

Dès que Jésus eut pris naissance,
Il fut déposé dans tes bras :
Heureux appui de son enfance,
C'est toi qui, le premier, as raffermi ses pas.

Chaste époux de l'humble Marie, (*bis.*)
Vers Dieu protége mon retour :
Par toi, qu'au terme de la vie,
J'arrive enfin au céleste séjour ! (*bis.*)

Combien fut grande ta souffrance,
Lorsque le glaive d'un bourreau,
Livrant à la mort l'innocence,
Dans le sang et les pleurs fit nager son berceau !

Chaste époux de l'humble Marie, (*bis.*)
Vers Dieu protége mon retour :
Par toi, qu'au terme de la vie,
J'arrive enfin au céleste séjour ! (*bis.*)

Guidant et Jésus et sa Mère,
Tu fuis un roi dénaturé ;
Enfin une plage étrangère
T'offre un nouvel abri pour ce dépôt sacré.

Chaste époux de l'humble Marie, (*bis.*)
Vers Dieu protége mon retour :
Par toi, qu'au terme de la vie,
J'arrive enfin au céleste séjour! (*bis.*)

Après des jours si pleins d'alarmes,
Ton Fils a couronné tes vœux :
D'un vrai repos goûtant les charmes.
Avec le Roi des Rois tu règnes dans les cieux.

Chaste époux de l'humble Marie, (*bis.*)
Vers Dieu protège mon retour :
Par toi, qu'au terme de la vie,
J'arrive enfin au céleste séjour ! (*bis.*)

Qui donc regretterait la vie,
Comme toi s'il pouvait mourir
Dans les bras même de Marie,
Assisté de Jésus jusqu'au dernier soupir !

Chaste époux de l'humble Marie, (*bis.*)
Vers Dieu protège mon retour :
Par toi, qu'au terme de la vie,
J'arrive enfin au céleste séjour ! (*bis.*)

Rangé sous ta noble bannière,
J'implore aujourd'hui ta faveur :
Joseph, à ta seule prière,
Toujours Dieu s'attendrit, et fit grâce au pécheur.

Chaste époux de l'humble Marie, (*bis.*)
Vers Dieu protège mon retour :
Par toi, qu'au terme de la vie,
J'arrive enfin au céleste séjour ! (*bis.*)

CANTIQUE

POUR LE JOUR

DE LA PURIFICATION ET DE LA PRÉSENTATION.

AIR : *Je vois s'ouvrir l'auguste tabernacle,*

Au n.° 7 des Cantiques à l'usage des Missions.

De l'univers auguste Souveraine,
Toi dont le sein enfanta le Sauveur,
A tes autels, incomparable Reine,
Nous accourons publier ta grandeur.

Ah ! notre voix ne t'est pas étrangère :
Ton cœur sensible en connaît les accens,
Depuis qu'un Dieu, te choisissant pour mère,
Nous a rendus tes fortunés enfans.

D'humilité quel admirable exemple
Cet heureux jour présente à notre foi!
Quoi! tu craignais de profaner le temple!
Et des pécheurs tu veux subir la loi!

Oui, je te vois, de tes mains maternelles,
Offrir ton Fils au Maître des destins,
Et racheter du sang des tourterelles
Le Rédempteur des coupables humains.

Toi dont la foi, toujours vive et profonde,
A du trépas écarté le flambeau;
Dont l'œil heureux voit le salut du monde,
Tu ne crains plus de descendre au tombeau.

Mais ne peux-tu dérober à sa mère
L'affreux aspect du sang réparateur
Qui doit du Ciel appaiser la colère,
En la perçant d'un glaive de douleur.

Vierge puissante, ô Mère la plus tendre!
A tes genoux j'implore ton secours.
Contre l'enfer, ah! daigne me défendre!
Sois mon soutien au dernier de mes jours.

CANTIQUE

POUR LE 1.er JOUR DE L'AN.

AIR : *Bénissez le Seigneur suprême*, etc.

POUR LA VEILLE AU SOIR.

Avant que d'une nuit profonde
Le voile ait dérobé les cieux,
Offrons et nos chants et nos vœux
Au doux Sauveur du monde.

POUR LE JOUR MÊME.

Du nouvel an qui vient d'éclore,
Consacrons-lui le premier jour,
En lui répétant tour à tour :
Mon Dieu, je vous adore !

Aujourd'hui son enfance endure
Le tourment le plus douloureux :
Pour nous son amour généreux
Surmonte la nature.

Mais, c'en est fait, le premier âge
Ne craint plus la loi de rigueur.
Il ne faut, circoncis de cœur,
Que l'aimer sans partage.

Du sein de sa gloire éternelle,
Voyant nos malheureux destins,
Il vient pour sauver les humains,
Et Jésus on l'appelle.

O que ce nom est admirable !
Et qu'il renferme de grandeur !
Demeurez gravé dans mon cœur,
O nom ! nom adorable !

Toujours présent à la mémoire,
Que ce nom soit tout notre appui !
Mettons notre espérance en lui ;
Qu'il fasse notre gloire !

Quand de l'hiver tristes compagnes,
Les neiges couvrent nos sillons,
Du ravage des aquilons
Il défend nos campagnes.

A sa voix désormais fidèle,
Puissai-je, n'aimant que Jésus,
Imiter toutes les vertus
Dont il est le modèle!

A ce doux nom que l'on révère
Et sur la terre et dans les cieux,
Seigneur, jetez sur nous les yeux,
Jetez les yeux d'un père.

C'est vous dont la main souveraine
Des vents enchaîne la fureur;
Rendez du tremblant moissonneur
L'espérance certaine.

Sans crainte, échappés à l'orage,
Au pied de ces mêmes autels,
Mon Dieu, dans des chants solennels,
Nous vous rendrons hommage.

A SAINTE GENEVIÈVE.

Et toi, sainte et digne bergère,
Que nous révérons en ces lieux,
Descends du séjour des heureux,
Viens consoler la terre!

CANTIQUE

POUR LE JOUR DE LA CONCEPTION,

Spécialement consacré au culte de Marie dans toutes les Associations religieuses, établies à la suite des Missions.

AIR : *Venez, Français, le Dieu dont la puissance.*

Au n.° 57 du Recueil des Cantiques.

De ses erreurs qui dominaient encore
Satan voulait éterniser la nuit;
Mais d'un jour pur l'aimable et douce aurore
A lui pour nous : son empire est détruit.

L'ange rebelle
Ne peut plus rien,
L'Ève nouvelle
Est l'appui du Chrétien.

Du genre humain la race infortunée
Portait le poids d'un décret rigoureux;
Par le serpent sa tige empoisonnée
Ne promettait que des fruits malheureux.

L'ange rebelle
Ne peut plus rien,
L'Ève nouvelle
Est l'appui du Chrétien.

Adam apprit, dès le berceau du monde,
Que d'elle, un jour, naîtrait le Rédempteur ;
Et, dans l'excès de sa douleur profonde,
Ce doux espoir a soulagé son cœur.

L'ange rebelle
Ne peut plus rien,
L'Ève nouvelle
Est l'appui du Chrétien.

Quand, sous ses pieds, elle écrasa la tête
De ce reptile échappé des enfers;
D'un Fils chéri préparant la conquête,
Du monde entier elle a brisé les fers.

L'ange rebelle
Ne peut plus rien,
L'Ève nouvelle
Est l'appui du Chrétien.

Soumis aux lois d'une triste nature,
L'homme, en naissant, est esclave et pécheur :
Mais du péché jamais la lèpre impure
N'a de ton âme altéré la candeur.

L'ange rebelle
Ne peut plus rien,
L'Ève nouvelle
Est l'appui du Chrétien.

Prodige heureux ! grand et profond mystère
Impénétrable à notre humanité !
Tu réunis la dignité de mère
A tout l'éclat de la virginité !

L'ange rebelle
Ne peut plus rien,
L'Ève nouvelle
Est l'appui du Chrétien.

Sur ton visage est l'éclat de la rose,
Les feux du jour se peignent dans tes yeux.
Quand sur ton front et s'assied et repose
La pureté, chaste fille des Cieux.

L'ange rebelle
Ne peut plus rien,
L'Ève nouvelle
Est l'appui du Chrétien.

Reine puissante, ô mère incomparable!
De tes enfans vois le malheureux sort.
Jetant sur eux un regard favorable,
Sauve-les tous à l'heure de la mort.

L'ange rebelle
Ne peut plus rien,
L'Ève nouvelle
Est l'appui du Chrétien.

CANTIQUE

FUNÈBRE

POUR LE JOUR DES MORTS.

Air : *Je vois s'ouvrir l'auguste Tabernacle.*

Au n.° 7 du Recueil des Cantiques.

Ils ne sont plus vos amis ou vos frères :
Pour eux du jour s'est éteint le flambeau.
Mais pourriez-vous, instruits de leurs misères,
Les délaisser au-delà du tombeau ?

EN CHŒUR.

Dieu, pardonnez, pardonnez leurs offenses :
De vos arrêts modérez la rigueur :
Pour arrêter le cours de vos vengeances,
Voyez couler le sang du Rédempteur.

Ah! pénétrez dans le fonds des abîmes
Où l'Éternel les retient enchaînés.
Prêtez l'oreille au cri de ces victimes;
Voyez les maux de tant d'infortunés!

EN CHŒUR.

Dieu, pardonnez, pardonnez leurs offenses:
De vos arrêts modérez la rigueur:
Pour arrêter le cours de vos vengeances,
Voyez couler le sang du Rédempteur.

Je les entends, ces âmes infidèles,
Vous reprocher leurs horribles tourmens.
Oui, parmi vous, hélas! me disent-elles,
Sont les auteurs de nos égaremens.

EN CHŒUR.

Dieu, pardonnez, pardonnez leurs offenses:
De vos arrêts modérez la rigueur:
Pour arrêter le cours de vos vengeances,
Voyez couler le sang du Rédempteur.

O monde affreux dont on vante les charmes!
Qui d'entre nous après toi peut courir?
Tu n'es jamais qu'une source de larmes
Que rien ne peut détourner ou tarir.

EN CHOEUR.

Dieu, pardonnez, pardonnez leurs offenses :
De vos arrêts modérez la rigueur :
Pour arrêter le cours de vos vengeances,
Voyez couler le sang du Rédempteur.

Mère de Dieu ! prends pitié de ces âmes,
Soulage-les : désarme un Dieu jaloux.
O Vierge pure ! éteins enfin ces flammes,
Fruits douloureux du céleste courroux.

EN CHOEUR.

Dieu, pardonnez, pardonnez leurs offenses :
De vos arrêts modérez la rigueur :
Pour arrêter le cours de vos vengeances,
Voyez couler le sang du Rédempteur.

NOTES DU CHANT I.

(1) Qui devait naître un jour pour le salut du monde.

Les saintes Écritures, au chapitre 3 de la Genèse, nous marquent la désobéissance d'Adam et d'Ève, nos premiers parens, en mangeant, contre l'expresse défense du Créateur, du fruit de l'arbre de vie, planté au sein du paradis terrestre. Elles nous marquent aussi la condamnation terrible qui fut la suite malheureuse de cette désobéissance, dont le démon, sous la figure du serpent, avait été le premier moteur, et contre lequel le Seigneur prononça cet anathème :

« *Je mettrai une inimitié éternelle entre toi et la femme, entre sa race et la* » *tienne.* Elle te brisera la tête, et tu tâcheras de la mordre au talon. » (v. 15.)

La malédiction que Dieu prononçait ici regardait tout ensemble le serpent et le démon. Cette femme qui devait écraser la tête du serpent, était la Sainte Vierge, qui a ruiné l'empire du démon en donnant la naissance à Jésus-Christ, notre Sauveur et Rédempteur.

(2) Ces beaux jours de salut qui nous étaient promis.

Isaïe, l'un des quatre grands prophètes, aux chapitres 7, 8, 9, sept cent quatre-vingt-cinq ans avant Jésus-Christ, prédit la naissance du Christ en ces termes :

« *Une vierge enfantera un fils qui sera appelé* EMMANUEL. (v. 14.)

» *Un petit enfant nous est né*, *ajoute-t-il au chapitre* 9, v. 6, *et un fils nous a été* » *donné. Il portera sur son épaule la marque de sa principauté ; il sera appelé* » *l'admirable et le conseiller, Dieu, le père du siècle futur, le prince de la paix.*

» *Son empire s'étendra de plus en plus, et la paix n'aura point de fin. Il* » *s'asseyera sur le trône de David ; il possèdera son royaume pour l'affermir, et* » *le fortifier dans l'équité et dans la justice.* (v. 7). »

(3) Il vint dès que les temps furent tous accomplis.

Au chapitre 49 de la Genèse, v. 10, Jacob, en mourant, prédit, 1689 ans avant Jésus-Christ, la venue du Messie, qui devait arriver à l'époque où la *Maison de Juda* cesserait d'avoir l'autorité suprême.

« *Le sceptre ne sera point ôté de Juda, ni le prince de sa postérité, jusqu'à ce » que celui qui doit être envoyé soit venu. C'est lui qui sera l'attente des na- » tions.* » (v. 10.)

Daniel, au chapitre 9 de ses prophéties, marque aussi l'époque précise de cet évènement miraculeux qu'il annonce devoir arriver après 490 ans, à partir du moment où l'ordre devait être donné par le roi de Perse, Artaxercès Longuemain, de rebâtir la ville de Jérusalem.

« *Dieu, dit l'ange Gabriel au prophète, Dieu, a abrégé et fixé le temps à » soixante-dix semaines (d'années, qui font 490 ans), en faveur de votre peuple » et de votre ville sainte, afin que ses prévarications soient abolies, que le péché » trouve sa fin, que l'iniquité soit effacée, que la justice éternelle vienne sur la » terre, que les visions et prophéties soient accomplies, et que le Saint des saints » soit oint de l'huile sacrée.* » (v. 24.)

» *Sachez donc ceci, et gravez-le dans votre esprit : Depuis l'ordre qui sera » donné pour rebâtir Jérusalem, jusqu'au Christ, chef de mon peuple, il y aura » sept semaines et soixante-deux semaines (d'années), et les places et les murailles » de la ville seront bâties de nouveau parmi les temps fâcheux et difficiles.* (v. 25.)

» *Et après soixante-deux semaines, le Christ sera mis à mort; et le peuple qui » le doit renoncer, ne sera point son peuple.* (v. 26.)

» *Il formera son alliance avec plusieurs dans une semaine; et, à la moitié de » la semaine, les hosties et les sacrifices seront abolis.* » (v. 27.)

Or, toutes les prédictions de Jacob et de Daniel ont été ponctuellement accomplies à l'époque de la naissance du Sauveur, puisqu'alors *Juda* ne régnait plus sur le peuple juif, et qu'Hérode, prince iduméen, avait l'autorité dans Jérusalem, où il commandait pour les Romains, qui avaient étendu leurs conquêtes sur la Judée; puisque, enfin, *c'est au milieu de la dernière semaine*, désignée dans Daniel, que fut *consommé, par la mort de Jésus-Christ, ce grand sacrifice*, qui mit fin à tous les autres sacrifices qui, jusqu'alors, avaient eu lieu parmi les Juifs.

(4). Et sur l'olivier franc, fut enté le sauvage

Saint Paul, dans son épître aux Romains, chapitre 11, compare les Juifs à l'*olivier franc*, et les Gentils à l'*olivier sauvage*.

« *Si les prémices des Juifs sont saintes, la masse l'est aussi; et si la racine est » sainte, les rameaux le sont aussi.* (v. 16.)

» *Si donc quelques-unes des branches ont été rompues; si vous (Gentils), qui » n'étiez qu'un olivier sauvage, avez été enté parmi celles qui sont demeurées sur » l'olivier franc*, et avez été rendu participant de la sève et du suc qui sort de la » racine de l'olivier. (*v.* 17.)

« Ne vous élevez point de présomption contre les branches naturelles ; que si » vous pensez vous élever au-dessus d'elles, sachez que ce n'est pas vous qui » portez la racine, mais que c'est la racine qui vous porte. » (v. 18.)

(5) Par le serpent d'airain au désert figuré.

Au chapitre 21 du livre des Nombres, on lit que les Israëlites, fatigués d'errer dans le désert, se révoltèrent contre Moïse, et que Dieu, pour les en punir, leur envoya des *serpens dont la morsure* occasionnait la mort.

Après qu'ils eurent reconnu leur crime, et manifesté leur repentir, Moïse, par ordre de Dieu, éleva un *serpent d'airain*, qu'il suffisait de regarder pour obtenir une parfaite guérison. (*v*. 9.)

Jésus-Christ, comme on le voit dans l'évangile de saint Jean, au chapitre 3, v. 14 et 15, s'est comparé lui-même à ce serpent d'airain.

« Et comme Moïse éleva, dans le désert, le serpent d'airain, il faut de même » que le Fils de l'homme soit élevé en haut,

» Afin que l'homme qui croit en lui ne périsse point, mais qu'il ait la vie éter- » nelle. »

(6) Clovis, le grand Clovis abjura ses faux dieux.

C'est ce prince valeureux qui, le premier, fit monter la Religion sur le trône de France, en exécution du vœu qu'il avait fait d'embrasser le christianisme, s'il revenait vainqueur du combat à lui livré dans les plaines de Tolbiac. Il reçut le baptême dans l'église de St.-Martin de Rheims, le jour de Noël de l'année 496. (Mézerai, pag. 69 et 70. 3 vol. édit. in-12 de 1756.)

(7) Appris à respecter les droits de la nature.

L'histoire nous apprend qu'avant l'introduction du Christianisme chez les différens peuples qui, les premiers, conquirent les Gaules, ils immolaient des enfans à leurs fausses divinités.

NOTES DU CHANT II.

(1) A l'héritier du trône il réserva l'honneur.

Au livre 1.er des Paralipomènes, chapitre 28, nous lisons :

« *Puis donc*, dit David, fils de Jessé, à son fils Salomon, en présence d'Israël » assemblé, *puis donc que le Seigneur vous a choisi pour bâtir la maison de son* » *sanctuaire, armez-vous de force, et accomplissez son ouvrage.* (v. 10.)

» *Or, David donna à son fils Salomon le dessin du vestibule*, celui du temple, » des garde-meubles, des chambres hautes, etc. » (v. 11.)

Au chapitre 29, David ajoute : « *Pour moi, je me suis employé de toutes mes* » *forces à amasser ce qui m'était nécessaire pour fournir à la dépense de la maison* » *de mon Dieu, de l'or pour les vases d'or et de l'argent pour ceux d'argent, du* » *cuivre pour ceux de cuivre, du fer pour ceux de fer, et du bois pour ceux de* » *bois ; j'ai aussi préparé des pierres d'onix, des pierres blanches comme l'albâtre,* » du jaspe *de diverses couleurs, toutes sortes de pierres précieuses, et du marbre* » *de Paros en quantité.* » (v. 2.)

On peut voir aussi les Rois, au livre 2, chapitre 7, v. 12, 13, et au livre 3, chapitre 5, v. 3 et 5.

(2) Du sacerdoce même affermira l'ouvrage.

On ne saurait se dissimuler que les Missions, une fois terminées, auraient beaucoup perdu de leur avantage, si les fruits n'en avaient pas été conservés et perpétués dans le sein des associations religieuses qui se sont établies à la clôture de ces Missions, dans les différentes paroisses où elles ont eu lieu.

(3). Rien n'intimidera son généreux courage

On ne pouvait assez admirer la valeur du Prince qui, exposé au jeu d'une batterie des ennemis, dont la charge avait manqué de l'atteindre, et de replonger la France dans un deuil éternel, répondit avec tant de sang-froid et de courtoisie à ceux qui paraissaient si justement alarmés de l'extrême danger qu'il avait couru : « *Eh bien ! je serais mort en bonne compagnie !* »

(4) Si le Ciel à nos vœux ne l'eût enfin rendu.

Selon toute apparence, c'était à M. de Quélen, archevêque de Paris, que l'assaillant en voulait particulièrement. Mais l'instrument de son crime, mal dirigé, ne put l'atteindre, et fut frapper M. du Mesnildot, qui en fut grièvement blessé ; néanmoins, tant le zèle de la Religion donne de courage et de présence d'esprit, celui-ci n'en fut point troublé, et recueillant toutes ses forces, il sortit seul de l'église des Petits-Pères, où cette scène scandaleuse arriva ; et, après avoir gagné péniblement son domicile, il y est resté long-temps dans un état assez critique pour qu'on désespérât de ses jours.

NOTES DU CHANT III.

(1) » Mais loin de tout secours, l'idolâtre lui-même,
» S'il n'a pu le connaître, échappe à l'anathème.

On lit, dans l'épître de saint Paul aux Romains, chapitre 2 :

« *Tous ceux qui ont péché sans avoir reçu la loi, périront aussi sans être jugés » par la loi ; et tous ceux qui ont péché étant sous la loi, seront jugés par la loi.* » (v. 12.)

« *Lors donc que les Gentils, qui n'ont point la loi, font naturellement les » choses que la loi commande, n'ayant point la loi, ils se tiennent à eux-mêmes lieu » de loi.* » (v. 14.)

« *Faisant voir que ce qui est prescrit par la loi, est écrit dans leur cœur, » comme leur conscience en rend témoignage par la diversité des réflexions et » des pensées qui les accusent ou qui les défendent.* (v. 15.)

« Pourquoi se mettre dans l'esprit, dit judicieusement M. l'abbé de Pont-Briand, » dans son excellent ouvrage de *l'Incrédule détrompé et le Chrétien affermi dans » la foi*, p. 45, au chapitre *de la nécessité de la révélation*, pourquoi se mettre » dans l'esprit que les peuples qui n'ont pas la révélation, soient totalement aban- » donnés ? Bien loin de le penser, nous devons croire, au contraire, que le Sei- » gneur leur a ménagé, dans les trésors de sa bonté, des secours qui, quoique » inconnus, n'en sont pas moins réels. En supposant qu'il y eût des nations qui » n'eussent jamais été suffisamment éclairées, *comme Dieu est trop juste pour » commander l'impossible, il ne leur imputera jamais l'ignorance de ce qu'ils » n'ont pu connaître. La loi générale est portée de manière qu'elle n'exige pas » l'exécution du précepte, quand on est dans l'impossibilité de l'observer. Au » défaut de la révélation, les peuples ont la loi naturelle ; s'ils ont soin de s'y » rendre fidèles, cette fidélité leur attirera de nouvelles grâces avec lesquelles ils » parviendront aux connaissances de la révélation nécessaires au salut, et ils ne » se perdront jamais que par leur faute. Dieu, qui les jugera, saura bien soutenir » sa cause sans notre secours, et se justifier aux yeux de ceux qui auront le mal- » heur d'être condamnés.* »

(2) Comment n'a-t-il point vu cet homme de douleur ?

Au chapitre 53, le prophète Isaïe y décrit ainsi la passion de Jésus-Christ :

« *Il s'élèvera devant le Seigneur comme un arbrisseau et comme un rejeton qui » sort d'une terre sèche. Il est sans beauté, sans éclat ; nous l'avons vu, il n'a rien » qui attire l'œil, et nous l'avons méconnu.* » (v. 2.)

« *Il nous a paru un sujet de mépris, le dernier des hommes, un homme de » douleur, qui sait ce que c'est que de souffrir ; son visage était comme caché ; il » paraissait méprisable, et nous ne l'avons point reconnu.* » (v. 3.)

« *Il a pris véritablement nos langueurs ; il s'est chargé lui-même de nos dou- » leurs. Nous l'avons considéré comme un lépreux, comme un homme frappé de » Dieu et humilié.* » (v. 4.)

« *Et cependant, il a été percé de plaies pour nos iniquités, il a été brisé pour » nos crimes. Le châtiment qui nous devait procurer la paix, est tombé sur lui, et » nous avons été guéris par ses meurtrissures.* » (v. 5.)

David, au psaume 21, y décrit ainsi les circonstances de la passion du Sauveur :

« *O Dieu ! ô mon Dieu ! jetez sur moi vos regards. Pourquoi m'avez-vous » abandonné ?* » (v. 1.)

« *Je suis un ver de terre*, et non un homme. Je suis l'opprobre des hommes et » le rebut du peuple. » (v. 6.)

« *Ceux qui me voyaient* se sont tous moqués de moi........ *Ils en parlaient en » remuant la tête.* » (v. 7.)

« *Il a espéré au Seigneur...., que le Seigneur le délivre, qu'il le sauve s'il est » vrai qu'il l'aime.* (v. 8.)

« *Ils ont percé mes mains et mes pieds*, et ils ont compté tous mes os. » (v. 1[illegible].)

« *Ils se sont appliqués à me regarder et à me considérer. Ils ont partagé entre » eux mes habits, et ils ont jeté le sort sur ma robe.* (v. 19.)

Qu'on rapproche ces prophéties du texte de l'Évangile ; elles sont si claires et si frappantes, qu'on les croirait écrites depuis le Nouveau Testament.

(3) Le sceptre étant remis en celles des Romains.

Voyez, aux notes du 1.er chant, ce que nous avons dit pag. 93, sur la puissance de la maison de Juda, passée dans celle d'Hérode, qui gouvernait pour les Romains après les 490 ans prédits par Daniel.

(4) Dans son aveuglement embrassa la réforme.

L'histoire nous apprend que le schisme d'Angleterre remonte à l'époque où Henri VIII voulut forcer le Pape Clément VIII à valider son mariage avec Anne de Boulen, du vivant même de Catherine d'Arragon, fille de Ferdinand et d'Isabelle, et tante de Charles-Quint, qu'il avait épousée depuis dix-huit ans.

(5) L'un, outré de dépit pour une préférence.

On a prétendu que Calvin ne s'était séparé de l'Eglise romaine, que pour se venger du Pape régnant, qui avait choisi les *Dominicains* de préférence aux *Augustins*, pour prêcher en faveur des indulgences.

(6) D'une Vierge, au mépris des sermens solennels.

On sait que Luther séduisit une religieuse qu'il enleva de sa communauté pour contracter mariage avec elle.

NOTES DU CHANT IV.

(1) Et déplorable écho de Celse ou de Porphire.

Ces deux écrivains ont fait tous leurs efforts pour anéantir la Religion chrétienne. Nous ne connaissons aujourd'hui leurs ouvrages, que par ce qu'en ont cité les plus savans docteurs de l'Église, qui ont pulvérisé leur doctrine impie.

(2) Athènes, des beaux arts l'école si chérie,
Avait, sous Périclès, vu briller Aspasie.

C'était sous le sage Périclès qui gouvernait la république d'Athènes, que, dans le 5.e siècle avant Jésus-Christ, parut Aspasie. Cette femme, aussi célèbre par sa beauté que par son éloquence, servait de modèle aux plus fameux orateurs de la Grèce.

(3) Pour applaudir Térence, assiège son théâtre.

Térence, fameux poète comique, qui florissait à Rome dans le 2.e siècle avant Jésus-Christ.

(4) Vaincus et terrassés, Rome et l'Aréopage.

L'Aréopage était le tribunal d'Athènes. Il s'est rendu célèbre dans l'antiquité par la sagesse et l'équité de ses jugemens.

(5) Relève, en soupirant, l'animal abattu.

Au Deutéronome, chapitre 22, on lit :

« *Si vous voyez l'âne ou le bœuf de votre frère, tombé dans le chemin, vous* » *n'y serez point indifférent*, mais vous l'aiderez à se relever. » (v. 4.)

(6) Il garde les petits, mais laisse aller la mère.

Au même chapitre 22 du Deutéronome, on lit encore cet autre précepte :

« *Si, marchant dans un chemin, vous trouvez, sur un arbre ou à terre, le nid » d'un oiseau, et la mère qui est sur ses petits ou sur ses œufs, vous ne retiendrez » point la mère avec ses petits.* » (v. 6.)

« *Mais ayant pris les petits, vous la laisserez aller, afin que vous soyez heu- » reux et que vous viviez long-temps.* » (v. 7.)

NOTES DU CHANT V.

(1) Honorer d'un soupir l'étrange auteur d'Emile.

Il n'est personne qui ne connaisse et n'admire le sublime éloge qu'a fait Rousseau de notre Evangile, dans son traité de l'éducation qu'il a mis au jour sous le titre d'EMILE.

Dans ce morceau qui présente un chef-d'œuvre d'éloquence, l'auteur a porté jusqu'au plus haut degré de l'évidence les preuves de la divinité de ce livre sacré.

Mais, poussé par cet étrange amour du paradoxe qu'on retrouve dans tous ses ouvrages, il s'est ensuite efforcé d'anéantir ces mêmes preuves, en entassant sophismes sur sophismes.

A quels égaremens ne porte pas l'amour de la célébrité ?

(2) Depuis long-temps déjà réfuté par lui-même.

Si l'on veut se convaincre de la fausseté des principes de Rousseau, on n'a qu'à jeter les yeux sur l'ouvrage de M. Bergier, qu'il a publié sous le titre de *Déiste réfuté par lui-même*.

Cet éloquent et savant auteur a mis au grand jour toutes les inconséquences du sophiste, par le seul rapprochement des différens systèmes que ce dernier a suivis dans le développement de sa monstrueuse doctrine, qui ne tend qu'à sapper les fondemens de la Religion, et à propager l'impiété.

(3) Nous te fûmes donnés par un vœu solennel.

Vœu de Louis XIII, qu'on renouvelle tous les ans.

TABLE.

www.ingramcontent.com/pod-product-compliance
Ingram Content Group UK Ltd.
Pitfield, Milton Keynes, MK11 3LW, UK
UKHW021058270726
13994UKWH00009B/628

9 782329 420899